KB014688

폴과 비르지니

휴머니스트 세계문학 009

폴과 비르지니

PAUL ET VIRGINIE

베르나르댕 드 생피에르 | 김현준 옮김

차례

머리말 007

폴과 비르지니 011

해설 | 순결한 사랑의 봉인 202

일러두기

1. 번역 대본으로는 Bernardin de Saint-Pierre, *Œuvres complètes: Tome I, Romans et Contes*(Classiques Garnier, 2014)에 수록된 *Paul et Virginie* (c. 1788)를 사용했다.
2. '원주'를 제외한 나머지 주석은 모두 옮긴이 주다.
3. 직접화법에 해당하는 일부 대화는 원문과 달리 줄 바꿈 했다.

머리말

나는 이 소략한 작품으로 원대한 계획을 구상했다. 여기서 나는 유럽의 것과는 다른 땅과, 유럽의 것과는 다른 초목을 그려내고자 했던 것이다. 우리네 시인들은 그들이 가꾼 연인들을 개울가에, 초원 위에, 잎이 우거진 너도밤나무 아래 실컷 데려다놓고 또 데려다놓았다. 나는 그 연인들을 바닷가에, 바위 밑에, 코코넛나무와 바나나나무와 꽃 핀 레몬나무 그늘 아래 앉혀두고 싶었다. 지구 반대편에는 테오크리토스나 베르길리우스• 들이 없을 뿐이지, 거기서도 우리는 우리나라 못지않게 구미가 당기는 정경들을 만나볼 수 있으리라. 나는 풍부한 미감을 가진 여행자들이 우리에게 남쪽 바다에 있는 몇몇 섬을 매혹적으로 묘사해주었다는 것을 알고 있다. 하지만 그곳 주민들의 풍속은, 더욱이 그곳에 도착한 유럽 사람들의 풍속은 그 풍경을 망치기 일쑤다. 나는 열대지방 사이에 자리한 자연의 아름다움과 작은 공동체가 지닌 정신의 고결함을 하나로 합쳐놓고 싶었다. 나는 또한 이 작품에서 몇 가지 위대한 진리를, 그중에서도 특히 이 하나의 진리를 밝히고자 했다. 바로 우리의 행복은 자연과 덕성에 따라 사는 데 있다는 것이다. 그렇지만 행복에 겨운 가족을 그리기 위해 꼭 상상으로 이야기를 꾸며낼 필요는 없었다. 내가 말해주려는 가족은 실제로 존재했고, 이들의 이야기 중 주된 사건 역시 실제 있었던 일이라고 장담할 수 있다. 프랑스 섬에서 알고 지내던 주민 여럿이 확인시켜주었으니 말이다. 다만 거기에 몇 가지 대수롭지 않은 정황을 덧붙이긴 했는데, 그래봤자 나 개인에 관한 것이고, 또 바로 그렇기 때문에 그 정황들은 더욱 사실성이 있다. 몇 년 전쯤, 나는 일종의 목가에 해당하는 이 이야기의 아주 어설픈 초안을 만든 적이 있었는데, 그때 그것이 아주 다른 성격의 독자들에게 미칠 영향을 미리 감지해보기 위해 상류층 사교계를 드나들던 어느 아리따운 부인과, 그런 세계와는 멀찌감치 떨어져 사는 근엄한 사람들에게

● 테오크리토스(기원전 310?~250?)는 고대 그리스 시라쿠사 태생의 시인. 소품집《전원시》를 통해 전원생활과 목자의 사랑을 노래한 '목가' 장르의 창시자로 알려져 있다. 이 소품집은 훗날 고대 로마의 시성으로 추앙받는 베르길리우스(기원전 70~19)의《목가》에 큰 영향을 미쳤다. 두 시인의 작품은 생피에르가 이 머리말을 통해 밝히듯, 본인이 열대 정경을 통해 쇄신하고자 하는 '목가'의 전형에 해당한다.

낭독을 들어달라고 부탁했었다. 나는 그들 모두가 눈물을 흘리는 것을 보고 흡족해했었다. 그 눈물이 내가 그 이야기로 이끌어낼 수 있는 유일한 강평이었고, 내가 그 이야기로 알고 싶었던 전부이기도 했다. 하지만 미미한 재능에는 크나큰 악습이 따르기 십상이라더니, 나는 그 성과에서 비롯한 자만심에 사로잡혀 그 작품에 '자연 풍경'이라는 제목을 붙이려고까지 했다. 다행히 나는 자연이란, 내가 나고 자란 풍토에서조차 그 자체로 얼마나 낯선 것이었는지를 떠올렸고, 그뿐만 아니라 한날 여행자로서 그 생장을 지켜보지도 못했던 나라에서의 자연이란 얼마나 풍요하고, 다채롭고, 정겨우며, 웅장하고, 신비로운 것인지, 또 그 자연을 잘 알고 잘 그려내기에는 내가 가진 통찰이나, 미감이나, 표현력이 얼마나 부족한 것이었는지를 떠올렸다. 나는 그제야 나를 되돌아보고 반성했다. 그래서 이 빈약한 습작에다가 대중의 커다란 호응을 불러일으켰던 나의 '자연연구'•라는 제목을 붙이고 그 후속 편으로 삼기로 했다. 이 제목이 대중에게 나의 능력 부족을 상기시켜 주어, 늘 그 마음에 관용을 되새겨줄 수 있길 바랄 뿐이다.

• 《자연연구》(1784)는 생피에르가 자연철학에 바탕을 두고 신학, 미학, 과학 및 문예를 다룬 방대한 책으로, 그는 여기서 특히 자연의 경이를 통해 하느님의 존재를 증명하고자 했다. 1788년 재판되면서 제4권에 《폴과 비르지니》가 추가되었으며, 이를 통해 큰 성공을 거두었다.

프랑스 섬의 포르루이• 뒤편으로 솟아 있는 산 동쪽 사면에는, 한때 경작지였던 곳에 이제는 폐허가 되어버린 작은 오두막 두 채가 보인다. 두 집은 커다란 바위로 에워싸인 분지에서도 거의 한가운데 자리 잡고 있고, 이 분지로 통하는 길은 북쪽으로 트인 입구 하나밖에 없다. 왼쪽으로 보이는 산은 조망의 언덕이라 불리는데, 사람들은 여기서 섬으로 진입하

• 소설의 배경이 되는 '프랑스 섬(Île de France)'은 현 모리셔스 공화국의 본섬으로, 생피에르가 방문했던 18세기 후반 프랑스 식민지 시절에는 '프랑스 섬'이라는 의미의 '일 드 프랑스'라고 불렸다. 당시 항구 이름을 딴 마을 '포르루이(Port-Louis)' 또한 현재 모리셔스의 수도(포트루이스)에 해당한다. 소설에 등장하는 대부분의 지명은 오늘날 그대로 통용되는 경우가 많지만 꼭 일치하는 것은 아니며, 해당 장소의 특징을 담은 지명이 소설의 내용과 밀접한 관련을 맺기에 '포르루이'를 제외한 대부분의 지명은 단순히 음차하기보다 의미에 중점을 두고 최대한 한국어로 옮기는 것을 원칙으로 삼았다.

는 선박에 신호를 보내곤 한다. 그 아래쪽에는 포르루이라는 이름의 마을이 있다. 오른쪽으로는 포르루이에서 왕귤나무 지구로 통하는 길이 나 있으며, 길은 그대로 같은 이름의 성당까지 이어진다. 성당은 대나무가 늘어선 큰길을 끼고 너른 벌판 한가운데 서 있다. 그리고 더 멀리 저편에는 섬 끝자락까지 뻗어나가는 숲이 있다. 앞을 바라보면 펼쳐지는 바닷가에는 무덤 만(灣)이 모습을 드러내고, 약간 오른쪽으로 시선을 돌리면 불행의 곶이 보인다. 그 너머 난바다에는 수면 위로 보일 듯 말 듯 한 작은 무인도 몇 개가 있는데, 그중 유독 겨냥의 모서리라는 섬 하나가 파도치는 한복판에 보루와 같은 모양새로 눈에 띈다.

안에서는 많은 것들이 보이는 이 분지 어귀에서는, 주변의 숲을 흔드는 바람 소리와 저 멀리 암초에 부딪혀 부서지는 파도 소리가 온 산에 메아리쳐 내내 울리고 또 울려 퍼진다. 그러나 오두막 바로 아래까지 오면 더 이상 아무 소리도 들리지 않고, 주위에 보이는 것이라곤 그저 성벽처럼 깎아지른 거대한 바위들뿐이다. 나무들은 바위 밑에서도, 갈라진 바위 틈 사이로도, 구름이 머무는 바위 꼭대기까지도 떨기를 이뤄 무성하게 자라 있다. 바위 봉우리가 불러들이는 비는 종종 녹갈색을 띤 암벽 자락에 무지갯빛으로 색을 칠하고, 바위 밑에 고여 들어 자그마하게 흐르는 라타니아 강의 수원을 이룬다. 분지를 둘러싼 암벽 안쪽, 공기와 물과 빛, 모든 것이 평화롭게 어우러지는 그곳에는 거대한 침묵이 감돌고 있다. 그 안에서 간신히 울려오는 메아리는 캐비지야자나무가 살랑거리는 소리를 되받을 따름이라, 바위 위로 우뚝 솟은 고원에서 자라난 야자나무에서는 늘 그 삐주름히 기다란 우듬지가 바람에 흔들리는 것이 보인다. 바닥으로 부드러운 빛이 아롱대는 이 분지에는 한낮에만 해가 비친다. 하지만 첫새벽부터 밀려드는 햇살은 바위산 머리를 에둘러 짙게 물들이고, 산그늘 위로 솟아오른 봉우리들은 창공의 쪽빛을 뒤로하고 금빛과 보랏빛을 내비치곤 한다.

나는 광활한 전망과 깊은 고독을 아울러 만끽할 수 있는 이 곳을 즐겨 찾곤 했다. 어느 날, 오두막 발치에 앉아 폐허가 되어버린 그 모습을 바라보던 중, 벌써 나이가 지긋한 한 남자가 내 옆을 지나가는 일이 있었다. 그는 옛 원주민들의 관습에 따라 작은 웃옷에 긴 속바지 차림을 하고 있었으며, 맨발에 흑단목 지팡이를 짚고 걷고 있었다. 머리는 온통 백발이었고, 인상은 고상하면서도 소박했다. 나는 그를 정중하게 맞았다. 그는 내 인사에 답례하고서는, 잠시 나를 주시하더니 내게 다가왔고, 이내 내가 앉아 있던 둔덕으로 올라와 휴식을 취했다. 이런 신망의 표시에 들뜬 나머지 나는 그에게 말을 걸었다.

"어르신,"

내가 말했다.

"이 오두막 두 채가 누구네 집이었는지 알려주실 수 있나요?"

그가 대답했다.

"이보게 젊은이, 이런 오막살이에도, 이런 황무지에도 사람이 살았었지. 20여 년 전에는 말이야, 여기서 행복을 찾아 살아가던 두 가족이 있었다네. 그네들 사연은 눈물겹지만, 인도로 가는 길목에 자리한 이런 섬에서 어느 유럽 사람인들 이름 없는 일개 주민의 신세 따위에 관심을 두겠나? 또 아무리 여기서 행복하게 산들, 어느 누가 사람들에게 외면받으며 가난하게 살고 싶겠나? 사람들은 위인들이나 왕들의 이야기만 알고 싶어 하지, 아무에게도 쓸모가 없는데 말이야."

내가 말을 이었다.

"어르신, 어르신 풍채나 말씀하시는 품으로 미루어 보건대, 깊은 연륜이 짐작되고도 남습니다. 혹 시간이 되시면 예전 이 산간벽지에 살던 사람들에 관해 알고 계신 것을 들려주십시오. 아울러 세상 편견에 사로잡혀 때가 묻을 대로 묻은 사람도 자연과 덕성이 낳은 행복에 대해 듣길 좋아한다는 것을 알아주십시오."

그러자 노인은 이런저런 정황을 떠올리려는 사람처럼 한동안 이마에 손을 짚고 있다가, 내게 이런 이야기를 들려주었다.

1726년, 라 투르라고 하는 노르망디 출신의 한 젊은이가 프랑스에서의 군 복무 지원도 허사로 돌아가고, 가족에게 원조를 요청했으나 이마저도 소용이 없자, 돈을 벌어볼 작정으로 이 섬에 올 결심을 했네. 진심으로 사랑하는 한 젊은 여인과 함께였고, 그녀 역시 그와 깊은 사랑에 빠져 있었지. 고향 땅에서 그녀는 부유하고 유서 깊은 가문 출신이었지만, 그는 지참금 하나 없이 비밀리에 그녀와 결혼했다네. 그녀의 부모가 남자가 귀족이 아니라는 이유로 결혼을 반대했거든. 그는 이 섬에 와서 그녀를 포르루이에 남겨둔 채 배를 타고 마다가스카르로 떠났네. 거기서 흑인 노예를 몇 명 사서 재빨리 이곳으로 돌아와 거처를 마련하겠다는 요량이었지. 그는 해가 짧아지기 시작하는 10월 중순 무렵 마다가스카르에 내렸고, 도착한 지 얼마 지나지 않아 유행성 열병에 걸려 죽었다네. 마다가스카르에서 연중 절반 동안이나 기승을 부리는 이 열병이 이곳을 식민지 삼아 정착하려는 유럽 여러 나라를 언제까지고 방해할 걸세. 이국땅에서 죽음을 맞이한 이들에게는 흔히 있는 일이지만, 그가 챙겨 왔던 옷가지며 물건들은 그가 죽은 뒤 뿔뿔이 흩어져 없어져버렸다네. 프랑스 섬에 남겨졌던 그의 아내는 좋은 평판도, 누구 하나 자신의 신분을 보증해줄 사람도 없는 나라에서 임신한 과부 신세가 되어버렸고, 그나마 가진 재산이라고는 흑인 여종 한 명이 전부였어. 그래도 유일하게 사랑했던 남자가 죽고 나자, 그게 누구든 남자에게는 어떤 도움도 청하지 않겠노라 다짐했으니, 불행이 그녀에게 용기를 준 셈이지. 그녀는 스스로 생계를 꾸려 가기 위해 작은 땅 한구석을 얻어 여종과 함께 농사를 지어 보기로 했다네.

무인도와 다를 바 없는 섬이어서 땅이라면 원하는 만큼 마음껏 차지해도 될 정도로 넘쳐났지만, 그녀는 가장 비옥한 지대나 교역에 가장 유리한 지대는 택하려 들지 않았네. 그보다는 혼자서 아무도 모르게 살아갈 수 있는 깊숙한 산골짜기나 숨겨진 은신처를 찾았고, 그러다가 마치 굴속으로 들어가듯 마을을 떠나 은둔할 생각에 이곳 바위산으로 향했지. 최대한 사람 발길이 닿지 않은 곳에, 가능한 한 외따로 떨어져 가장 삭막한 곳에 몸을 숨기려는 것은 심성이 여리고 괴로움에 시달리는 모든 사람들에게서 흔히 볼 수 있는 본능일세. 마치 저 바위들이 불운을 막아주는 방벽이 되어주리라는 듯이, 마치 자연 속 정적이 영혼을 잠식한 불행의 풍파를 누그러뜨려 줄 수 있다는 듯이 말이야. 하지만 신은, 우리가 우리에게 꼭 필요한 만큼의 행복 외에는 바라는 것이 없을 때 비로소 당신의 가호를 내려주시니, 라 투르 부인에게 한 가지 행복으로 마련해주신 것은 부도 명예도 주지 못하는 것, 바로 친구였네.

그곳에는 1년 전부터 생기 넘치고 착하고 정 많은 한 여인이 살고 있었어. 이름은 마르그리트였네. 브르타뉴의 어디 농사짓는 소박한 가정에서 태어나 사랑받으며 자랐으니, 결혼을 약속했던 어느 이웃 귀족의 사랑을 믿고 몸을 버릴 정도로 유약하지만 않았어도, 가족은 그녀를 행복하게 해주었을 테지. 그러나 그 귀족은 제 욕정이 채워지자 그녀를 멀리했고, 임신까지 시켜놓고는 제 아이의 살길을 보장해주는 것조차 거부했다네. 그때 그녀는 자신이 태어난 마을을 영영 떠나버리기로 결심했고, 자기 나라에서 멀리 떨어진 식민지로 가서 자신의 과오를 숨기기로 했지. 가난하더라도 정직한 처녀로서 가질 수 있었던 유일한 지참금인 평판까지 잃고 말았으니 말이야. 그녀는 빌린 돈 겨우 몇 드니에•로 늙은 흑인 노예 한 명을 구했고, 이 지대의 한쪽 구석 작은 땅에서 함께 농사를 짓고 있었다네.

흑인 여종을 데리고 이곳에 온 라 투르 부인은 아기에게 젖을 먹이고 있는 마르그리트를 발견했어. 자기와 비슷한 처지로 보이는 여자를 만난다는 것이 그녀로서는 반갑게 느껴졌지. 부인은 마르그리트에게 자신의 과거 신분과 현재의 곤궁한 처지에 대해 한두 마디 말을 꺼냈네. 마르그리트는 라 투르 부인의 이야기를 듣고 동정심에 마음이 북받쳤고, 인정받기보다는 그녀의 신뢰를 얻고 싶었던 나머지, 자신이 저지른 경솔함이라는 죄를 조금도 숨기지 않고 그녀에게 고백했어. 마르그리트가 말했네.

• 프랑스의 옛 화폐단위로, 12드니에는 1수, 20수는 1리브르에 해당한다. 혁명 전 프랑스에서 숙련공의 하루 일당은 약 1~2리브르 정도였다.

"제 신세야 이렇게 되는 것이 마땅하겠지만, 부인, 부인께서는…… 이리도 정숙하신 분께서 불우하게 지내시다뇨!"

그러고는 눈물을 흘리면서 자기가 살고 있던 오두막을 내주고 친구가 되어주겠다 했네. 라 투르 부인은 그토록 다정하게 맞아주는 모습에 감동해, 마르그리트를 끌어안으며 이렇게 말했지.

"아! 하느님께서 제 고통을 끝내시려나봅니다! 부모에게도 받아보지 못한 후의를 저에게, 그것도 외지인인 저에게 더 크게 베풀라 당신을 인도해주시니 말이에요."

나는 마르그리트와 아는 사이였고, 비록 내가 머무는 곳은 여기서 1리외• 반 정도 떨어진 긴 산 너머 숲속이었지만, 나는 그녀와 이웃이라 생각하며 살았다네. 유럽 도시에서는 길 하나가, 한낱 담벼락이 한집안 사람들끼리 모이는 것도 수년 내내 가로막고 있지만, 새 식민지에서는 그저 숲이 있고 산이 있어서 떨어져 사는 사람들도 제 이웃으로 여기거든. 특히 그 당시는 이 섬이 인도와의 교역도 거의 없던 시절이라, 이웃지간이기만 해도 친구라 칭하기 충분했고, 이방인을 향한 환대는 의무이자 기쁨이었지. 이웃에게 벗이 생겼다는 소식을 듣고 나는 두 사람 모두에게 기꺼이 도움을 주려는 마음에 그

● 프랑스의 옛 거리 단위로, 1리외는 약 4킬로미터.

녀를 만나러 갔네. 나는 라 투르 부인에게서 기품과 우수가 서린, 어딘지 매력적인 표정을 가진 한 인물을 보았네. 당시 그녀는 막 출산을 앞두고 있었지. 나는 두 부인에게 훗날 아이들에게 유익하도록, 또 특히 다른 주민이 이곳에 정착하는 것을 방지할 수 있도록, 바닥 면적이 약 20아르팡•에 해당하는 이 분지를 두 사람이 나눠 갖는 것이 좋겠다고 말했다네. 그녀들은 이 일을 내게 맡기기로 했지. 나는 거의 똑같은 크기로 땅을 둘로 나눴네. 하나는 이 암벽 분지의 위쪽 방면을 포함하는 땅으로, 라타니아 강 원류가 흘러나오는, 구름에 뒤덮인 저 바윗부리에서부터, 자네도 산꼭대기에 오르면 보이겠지만 실지 대포를 쏘려고 만들어놓은 구멍을 닮았다 해서 포안(砲眼)이라 불리는, 이 가파르게 깎아지른 통로까지였지. 이 땅 안쪽은 온통 바위와 푹 꺼진 골로 가득해 거의 걸을 수 없는 지경이긴 하지만, 커다란 나무를 울창하게 키워내고, 샘과 작은 개울 또한 지천에 널려 있다네. 다른 쪽 땅에다가는 라타니아 강을 따라 지금 우리가 있는 분지 입구까지 펼쳐지는 아래 방면 전체를 포함시켰는데, 여기서부터 저 강은 두 개의 동산 사이를 흐르기 시작해 바다까지 흘러간다네. 보다시피 변두리에는 드문드문 목초지도 있고 땅도 비교적 평탄

● 프랑스의 옛 면적 단위로, 1아르팡은 약 50아르. 여기서 20아르팡은 약 10헥타르, 즉 10만 제곱미터로 추산된다.

한 편이지만, 위쪽보다 더 나은 땅인 것은 결코 아닐세. 아닌 게 아니라 우기에는 땅이 질퍽해지고, 또 건기에는 납덩이처럼 딱딱해져, 도랑이라도 하나 팔라치면 도끼로 땅을 쪼개야 할 지경이니 말이야. 어쨌든 땅을 이렇게 두 부분으로 나눈 뒤, 나는 두 부인이 제비뽑기를 하게 했다네. 위쪽 땅은 라 투르 부인에게, 아래쪽 땅은 마르그리트에게 돌아갔지. 두 사람 다 제 몫으로 할애된 땅에 만족했지만, 그녀들은 "우리가 늘 서로 마주 보고 대화하며 서로 돕고 살 수 있도록"이라 말하며 내게 거처를 나눠놓지는 말아달라고 부탁했네. 그래도 두 사람 각자에게는 따로 지낼 만한 안식처가 필요했지. 마르그리트의 오막살이집은 분지 한가운데, 정확히는 그녀 몫으로 택한 땅의 경계에 있었네. 나는 그 집 바로 옆에 있는 라 투르 부인의 땅에다가 집 하나를 더 지었어. 그래서 이 두 친구는 이웃으로 가까이 지내면서도, 각자 자기 가족 몫의 소유지에서 살게 되었다네. 내가 말일세, 손수 울타리로 쓸 나무를 산에서 베어 오기도 하고, 바닷가에 가서 라타니아야자나무 잎을 가져오기도 해서 이 두 오두막을 지었는데, 이제는 보다시피 문짝 하나, 지붕 한쪽 보이지 않는다네. 어찌 이럴 수 있단 말인가! 내 기억의 몫으로는 아직도 많은 것들이 생생히 남아 있는데! 제국의 유적조차 그토록 빠르게 허물어버리는 시간이, 이 버려진 땅에서는 옛 자취로 남은 저 우정의 터전을 받드는 듯하네. 하여 내 삶의 마지막 순간까지 영원히 회한이 사무치게끔 말이야.

두 번째 오두막집이 다 지어졌을 무렵, 라 투르 부인은 딸을 낳았네. 나는 마르그리트가 낳은 아이의 대부였고, 아이의 이름은 폴이었어. 라 투르 부인은 내게 마르그리트와 머리를 맞대고 자기 딸의 이름도 지어달라고 간곡히 부탁했지. 마르그리트는 부인의 딸에게 비르지니라는 이름을 지어주며 이렇게 말했네.

"현숙한 사람이 되어 행복할 겁니다. 정조를 버렸다는 이유만으로 저는 불행을 겪었으니 말이에요."

라 투르 부인이 해산한 몸을 털고 일어났을 때쯤 해서 옹색하던 두 집안에도 얼마간의 소출이 생기기 시작했는데, 내가 가끔가다가 일을 봐준 덕분이기도 했지만, 무엇보다도 두 집안 노예들이 바지런히 일한 덕분이었네. 도맹그라는 이름의 마르그리트네 노예는 월로프족• 흑인으로, 나이는 이미 지긋했지만 여전히 건장했어. 그는 경험이 많았고 타고나길 사리분별에 뛰어났지. 그는 딱히 구별 없이 두 집안의 농지를 오가며 가장 비옥해 보이는 땅을 골라 경작했고, 그 땅에 가장 적합한 씨앗을 심었다네. 척박한 곳에는 펄 기장과 옥수수를, 기름진 좋은 땅에는 약간의 밀을, 늪지대에는 쌀을, 바위 밑에는 지로몽 호박, 쿠르주 호박, 오이 등을 심었는데, 이런 작

• 대서양 연안의 세네갈 및 감비아에 거주하는 민족.

물들은 잘 자라서 바위를 타고 오르곤 했어. 마른땅에 심은 고구마는 단맛이 아주 잘 들었고, 고지대에는 목화나무를, 점토질 땅에는 사탕수수를, 동산에는 몇 그루의 커피나무를 심었다네. 커피콩이 낱알은 작았지만 품질은 훌륭했어. 강가와 오두막 주변에는 바나나나무를 심어서 1년 내내 길쭉한 과일 다발도 얻고, 아름다운 나무 그늘도 생겼지. 마지막에는 자기 근심이든 점잖은 주인댁들의 근심이든 누그러뜨리기 위해 담뱃잎도 재배했네. 산에 올라 땔감으로 쓸 나무를 해 오는가 하면, 농지 여기저기 드러난 바위를 깨부숴 길을 평평하게 만들기도 했어. 그는 이 모든 일들을 명민하고 활기차게 해냈다네. 그만큼 일에 열성을 다했지. 그는 마르그리트에게 굉장히 충실했고, 라 투르 부인에게도, 또 비르지니가 태어날 무렵 자신과 결혼한 그 댁 흑인 여종에게도 그에 못지않은 충실함을 보였네. 마리라는 이름의 아내를 그는 열정적으로 사랑했어. 마다가스카르에서 태어난 마리는 거기서 몇 가지 생업에 필요한 재주를 익혀 왔고, 그중에서도 숲에서 자라는 풀을 엮어 파뉴라 불리는 바구니나 옷감을 짓는 재주가 돋보였다네. 솜씨도 좋고 청결했으며 아주 충직했지. 그녀는 정성을 다해 식사를 준비하고, 닭을 몇 마리 길렀으며, 가끔은 포르루이에 가서 두 농가에서 나온 여분의 곡식을 팔았네. 그리 대단한 양은 아니었지만 말이야. 여기에 애들 가까이에서 기르던 염소 두 마리와 집 밖에서 밤을 지새우던 덩치 큰 개를 더하면,

자네도 이 두 집안의 작은 소작지에서 나는 소출이며 가축이 전부 얼마나 되는지 짐작이 갈 걸세.

친구가 된 우리 두 여인으로 말하자면, 그녀들은 아침부터 저녁까지 목화로 실을 자았네. 이 일은 두 사람뿐 아니라 양쪽 가족 전체의 생계유지에도 충분한 수준이었지. 하지만 한편으로는 또 외지에서 들여온 편의품이 너무 없다시피 해서, 농지에서는 맨발로 걸어 다니다가, 일요일 아침 일찍 저 아래 보이는 왕귤나무 성당에 미사를 보러 갈 때만 신발을 신었다네. 아무래도 포르루이로 가는 것보다야 훨씬 더 거리가 있지만, 두 여인은 거기 가서 멸시를 받을까봐 마을 쪽으로는 거의 발걸음을 하지 않았어. 노예들처럼 두꺼운 청색 벵골산 천으로 지은 옷을 입고 다녔거든. 아니 그런데 말이야, 세상 사람들이 가진 생각이라는 것이 과연 가정의 행복만 한 가치가 있는가? 바깥에서 다소 언짢은 일이 생기는 날이면, 두 사람은 그만큼 더 기쁜 마음을 안고 집으로 돌아오곤 했다네. 마리와 도맹그는 이 언덕에서 왕귤나무 길 위로 두 사람이 보이자마자 산 밑까지 달려가 그녀들이 산에 오르는 것을 돕곤 했지. 그러면 마르그리트와 라 투르 부인은 제집 노예들의 눈에서 재회의 기쁨을 읽곤 했네. 집은 깨끗했고, 자유가 있었으며, 본인들 스스로의 노동 외에는 어디에도 신세 지지 않고 꾸린 가산과, 열성 가득하고 정 넘치는 하인들이 있었지. 엇비슷한 아픔을 겪은 뒤 똑같이 궁핍한 처지에 하나로 뭉친 두 사람은, 서로를 친구, 동반자, 언니 동생과 같은 애칭으로 부르면서, 소망도, 이해(利害)도, 식사도 하나로 맞춰갔네. 그녀들 사이에는 모든 것이 공유되었지. 다만 지난날의 불길이 우정의 불꽃보다도 더욱 강렬하게 영혼 속에 깨어나는 날이면, 오로지 정결한 생활 방식에 힘입은 순수한 신앙만이, 이 땅 위엔 더 이상 태울 것이 없어 하늘로 날아가버리는 불씨처럼 그녀들을 다른 삶으로 인도해주곤 했다네.

자연으로부터 주어진 의무는 두 여인이 일군 가족공동체에 더 큰 행복을 더해주었네. 상호 간의 우정은 똑같이 불운했던 사랑의 결실인 제 자식들 앞에서 더욱 커져갔던 게지. 그녀들은 아이들을 한 욕조에 넣어 같이 씻기고, 한 요람에서 함께 재우며 기쁨을 느꼈다네. 이따금 아이를 바꿔 젖을 물리기도 했지. 라 투르 부인은 "친구야, 우리는 아이가 둘씩 생길 거고, 우리 아이들도 엄마를 둘씩 두게 될 거야"라고 말하곤 했어. 같은 종의 두 나무에서, 폭풍우가 모든 가지를 꺾어버린 뒤 살아남은 두 개의 순이, 각각 모(母)줄기에서 떨어져 나와 가까이 있는 줄기에 접붙여지면 더 달콤한 과실을 맺는 일이 있듯이 말이야. 그렇게 친척이라고는 전혀 모르고 자란 두 어린아이는 그들을 낳아 기르던 두 친구가 젖을 바꿔 물리기에 이르자, 아들딸이나 형제자매가 느끼는 것보다도 훨씬 더 살뜰한 감정을 마음 한가득 채워갔지. 엄마들은 요람 위에서부터 벌써 두 아이의 결혼을 이야기했고, 이렇듯 부부의 연을 맺는 지복을 내다보는 일은 두 사람의 아픔을 달래주긴 했지만, 대개 우는 걸로 끝나곤 했다네. 한쪽은 자신의 고통이 결혼을 대수롭지 않게 여긴 것에서 비롯했음을, 다른 한쪽은 그 계율을 묵묵히 참고 따른 것에서 비롯했음을 떠올리면서, 한쪽은 자기 신분보다 높이 올랐던 것에서, 다른 한쪽은 자기 신분에서 내려앉았던 것에서 그 고통이 비롯했음을 떠올리면서 말이야. 하지만 그녀들은 언젠가 더욱 행복하게 살아갈 제 자식들이, 유럽의 잔인한 편견에서 멀리 떨어져, 사랑의 기쁨과 평등의 축복을 동시에 누리리라 생각하며 스스로를 위로했지.

사실 아이들이 벌써부터 서로에게 보였던 애착에 비할 만한 것은 없었네. 폴이 떼를 쓰거나 하는 일이 있으면, 비르지니를 그 앞에 보여주었고, 그렇게 비르지니가 시야에 들어오면 폴은 미소를 보이며 진정했지. 만약 비르지니가 아프기라도 하면, 폴의 울음소리가 그걸 알려주었고. 하지만 그 사랑스러운 아이는 금세 자기 아픈 걸 숨겼어. 폴이 자기가 아픈 것 때문에 마음 아파하지 않도록 말이야. 이 집에 올 때마다 나는 두 아이가 이 나라 관습에 따라 벌거벗고는, 아직 잘 걷지도 못하면서 마치 쌍둥이자리가 그려내는 모습처럼 손을 맞잡고 어깨동무한 채 딱 붙어 있는 것을 보곤 했네. 밤도 두 아이를 갈라놓을 수 없었지. 밤은 불쑥 찾아들 때면 종종 두 아이가 한 요람 안에 누워 서로의 뺨을 맞대고 가슴을 딱 붙이고 양손으로 서로의 목을 감싸 안은 채 서로의 품에서 잠들어 있는 모습을 지켜보곤 했다네.

아이들이 말을 배우기 시작했을 때, 처음으로 터득해서 서로에게 붙여준 호칭은 오빠와 누이였지. 유년 시절 더없이 애정 어린 손길을 피부로 느낀 아이들은 이보다 더 나긋한 호칭일랑 모르는 법일세. 두 아이의 교육이라는 것도 남매간의 우애를 서로를 향한 필요로 이끌어주어 그 우애를 더욱 두텁게 했을 뿐이야. 머지않아 가계를 꾸려나가고, 청결을 유지하고, 밭에서 먹을 새참을 차려 오는 것과 관련된 모든 일은 비르지니가 도맡게 되었고, 그 아이가 하는 일에는 늘 오빠의 칭찬과 입맞춤이 뒤따랐다네. 한시도 몸을 쉬지 않던 폴은 도맹그와 함께 뜰을 일구거나 작은 도끼를 손에 들고 그의 뒤를 좇아 숲으로 들어가곤 했네. 이런 용무 중에도 예쁜 꽃이나 맛있는 과일, 혹은 새 둥지가 보이기라도 하면, 그것이 아무리 나무 높이 있더라도 동생에게 가져다주겠다며 기어이 나무에 올라 따 오곤 했지.

어디서든 두 아이 중 한 명을 만나면 분명 다른 한 아이도 멀리 있지 않았다네. 어느 날엔가 저 산꼭대기에서 내려오다가 나는 정원 언저리에서 집 쪽으로 달려가는 비르지니를 보았네. 소나기에 몸을 피하느라 속치마를 뒤로 들쳐서 머리에 뒤집어쓰고 있었어. 나는 멀리 있어서 비르지니가 혼자라고 생각했고, 그래서 그 아이가 잘 걷게끔 도와주려고 다가가다가 비르지니가 폴의 팔을 붙잡고 있는 것을 보았네. 담요 하나로 거의 온몸을 둘러싸고 있던 두 아이는 자기들이 발명한 우산으로 함께 비를 피하며 서로에게 웃음 짓고 있었지. 불룩해진 속치마 안에 들어 있던 두 아이의 앙증맞은 머리는 하나의 조개껍질 안에 둘러싸여 있던 레다의 아이들•을 떠올리게 했다네.

폴과 비르지니가 배우는 것이라곤 서로를 기쁘게 하고 서로를 돕는 것이 전부였네. 게다가 두 아이는 크레올•• 아이들처럼 무지해서 읽을 줄도 쓸 줄도 몰랐지. 두 아이는 아득히 먼 옛날에 일어났던 일이나 자기들과 멀리 떨어진 곳에서 일어났던 일에는 관심이 없었어. 호기심이 저 산 너머로까지 뻗어가는 일이 없었던 게야. 자기들의 섬이 끝나는 곳이 세상

• 레다는 그리스 신화에 나오는 스파르타의 왕 틴다레오스의 아내. 백조로 변신한 제우스에게 유혹되어 임신한 뒤 두 개의 알을 낳았고, 그중 하나에서 헬레네와 클리타임네스트라가, 다른 하나에서 폴리데우케스와 카스토르 형제('제우스의 자식들'이라는 의미의 디오스쿠로이 형제로 불림)가 태어났다는 설이 있다. 레다의 아이들은 남다른 우애를 과시했으며, 특히 디오스쿠로이 형제가 이다스와 린케우스 형제와의 결투에서 치명상을 입고 죽게 되자, 제우스는 폴리데우케스만을 올림포스로 데려가 불사신으로 만들려고 했으나 카스토르만 하계에 두고 헤어질 수 없었던 폴리데우케스는 제우스에게 쌍둥이 형제와 함께 있게 해달라고 간청했고, 제우스는 이를 받아들여 형제가 함께 1년의 절반은 하계에서, 절반은 올림포스에서 지내도록 허락했다. 훗날 제우스는 쌍둥이를 하늘로 올려 보내 별자리(쌍둥이자리)로 만들었다.

•• 식민지에서 태어난 백인을 일컫는 말.

의 끝이라 믿었고, 자기들이 없는 곳에 마음이 이끌리는 무언가가 있으리라고는 상상해본 적도 없었지. 서로가 서로에게 품은 애정과 두 어머니가 내보인 애정이 두 아이의 생동하는 영혼을 오롯이 채워주었네. 불필요한 지식으로 눈물 흘리는 일 따윈 없었고, 하잘것없는 도덕에서 따온 가르침이 갑갑함만 잔뜩 떠안기는 일도 전혀 없었지. 두 집안의 모든 것은 공동소유였기에, 물건을 훔치면 안 된다는 것조차 아이들은 몰랐네. 소박하나마 먹거리는 넉넉했으므로 무절제하게 먹으면 안 된다는 것도, 감출 만한 진실이 아무것도 없었기에 거짓말을 하면 안 된다는 것도 몰랐지. 배은망덕한 아이들에게는 신이 끔찍한 벌을 내리기로 되어 있다 말해도 겁먹는 일이 전혀 없었다네. 두 아이에게 효심이란 어머니의 자애 속에서 싹튼 것이었으니 말이야. 두 아이가 종교에 대해 배운 것도 그 종교를 좋아하게 해주는 것 외에는 없었어. 그러니 성당에서 긴 기도를 드리지 못하는 날이면 두 아이는 집에서든 밭에서든 숲에서든, 자기들이 있는 곳이면 어디에서나 순결한 두 손을 하늘 높이 들어 올려 부모에 대한 사랑으로 가득한 마음을 바쳤네.

이렇게 두 아이의 초창기 유년 시절은 더 화창한 날을 알리는 맑은 새벽처럼 지나갔다네. 아이들은 벌써부터 모든 집안일을 두 어머니와 나눠서 하고 있었지. 수탉 울음소리가 새로이 먼동이 터오는 때를 알려주자마자 비르지니는 잠자리에서 일어나 가까운 샘에 가서 물을 길었고, 이내 집으로 돌아와서 아침을 준비했네. 이후 머지않아 태양이 분지를 둘러싼 바위산 봉우리를 금빛으로 물들일 때면, 마르그리트와 그 아들은 라 투르 부인네 집을 찾았고, 그렇게 모두 함께 모여 기도를 드리는 것으로 시작해 아침 식사를 했어. 두 가족은 종종 문 앞에 있는 풀밭에 앉아, 바나나나무 잎이 만들어주는 둥근 차양 아래 식사를 했는데, 이 바나나나무는 따로 조리할 필요도 없는 영양가 풍부한 열매를 양식으로 제공해주고, 그뿐만 아니라 식탁보로 쓰기 좋은 넓적하고 길고 매끈한 잎까지 내주었네. 건강에 좋은 음식이 풍부해 두 청춘의 육체는 빠르게 발달했고, 천혜 자연의 교육은 아이들의 얼굴에 영혼의 순수함과 만족감을 그려 넣어주었네. 비르지니는 겨우 열두 살이었지만, 몸매는 벌써 반쯤은 성숙한 여인 그 이상이었지. 풍성한 금발이 목 위로 그림자를 드리웠고, 파란 눈과 선홍색 입술은 싱그러운 얼굴 위에서 더없이 부드러운 빛으로 반짝였어. 비르지니가 말할 때마다 늘 그 눈과 입술이 함께 미소를 머금었다네. 하지만 침묵을 지킬 때면, 자연스럽게 하늘을 향해 비스듬히 치켜 올라간 그 눈매와 입매가 어떤 예민한 감수성을, 아니 가만 보면 어떤 가벼운 애수까지도 표정으로 말해주고 있었어. 폴로 말하자면, 그 아이에게서는 매력적인 소년미가 풍기는 와중에도 벌써부터 사내다운 기질이 나타나는 것이 보였지. 비르지니보다 큰 키에, 얼굴색은 좀 더 거무스름했고 코도 좀 더 뾰족한 매부리코를 하고 있었는데, 검은 눈동자를 가진 그 아이의 눈은 붓털처럼 생긴 긴 속눈썹이 그 주위로 뻗어나가면서 지극히 부드러운 인상을 주지 않았더라면, 약간 오만한 눈빛을 띠었을지도 모르겠네. 폴은 항상 쉬지 않고 몸을 움직였지만, 여동생이 나타나기만 하면 얌전해져서는 곧 그 아이 곁으로 가서 앉아 있곤 했지. 서로 한마디 말도 없이 식사를 마치는 일도 왕왕 있었다네. 두 아이의 침묵에, 그 몸가짐의 천진함이며 맨발의 아름다움에, 그 모습을 바라보는 사람은 흡사 니오베의 자식들• 몇몇을 본떠 하얀 대리석으로 만든 고대 군상을 보는 것만 같았을 걸세. 하지만 서로 시선을 맞출 궁리만 하는 두 아이의 눈빛과, 한결 더 부드러운 미소로 화답하는 두 아이의 웃음은 보는 사람으로 하여금 천성이 서로를 사랑하게 되어 있는, 생각을 앞세워 감정을 전할 필요도 말을 앞세워 애정을 표현할 필요도 없는 그런 천국의 아이들, 그런 축복받은 영혼을 떠올리게끔 했을 거야.

그렇지만 라 투르 부인은 딸이 그토록 매력적으로 커가는 모습을 보면서 애정과 더불어 걱정도 함께 늘어가는 것을

• 니오베는 그리스 신화에 나오는 테베의 왕 암피온의 아내. 아들 일곱과 딸 일곱을 낳고 남부러울 것 없이 살았으나, 자만심에 들떠 아폴론과 아르테미스의 어머니 레토 여신보다 자신이 더 훌륭하다고 자랑하다가 레토 여신의 화를 샀고, 결국 아폴론과 아르테미스에 의해 자식 열넷이 모두 죽임을 당한다.

느꼈다네. 부인은 이따금 내게 "만약 내가 죽기라도 하면, 가진 것 하나 없는 비르지니는 어떻게 되겠어요?"라고 말하곤 했지.

부인에게는 프랑스에 사는 이모님 한 분이 계셨는데, 귀족 가문의 딸로 태어나 돈은 많고 나이 들어 독실한 분이셨으나, 부인은 라 투르 씨와 결혼하던 당시 도움을 청했다가 너무 매정하게 거절당했던 적이 있어서, 아무리 곤궁에 시달리는 처지가 되더라도 이모님에게만큼은 결코 의지하지 않으리라 굳게 다짐했다네. 하지만 엄마가 되고 보니, 거절당하는 창피라는 게 더 이상 두렵지 않았지. 라 투르 부인은 이모님에게 예기치 못한 남편의 죽음이니, 딸의 출생이니, 고향을 멀리 떠나 아무 지원도 없이 아이를 도맡아 키워야 하는 당혹감이니 하는 것들을 털어놓았어. 부인은 아무 답장도 받지 못했네. 고결한 성품을 지닌 부인은 그렇게 무안을 당하더라도, 또 아무리 덕망이 높은들 출신이 천한 남자와 결혼한 것은 도저히 용서하지 못하는 친척의 비난에 직면한다 해도 더 이상 두렵지 않았어. 그래서 부인은 이모님의 감수성을 자극해 비르지니에 대해 호의적으로 생각하게끔, 기회가 있을 때마다 편지를 썼다지. 하지만 이모님으로부터 어떤 안부 표시도 받아보지 못한 채 꽤 많은 세월이 흘렀다네.

그러다가 1738년, 라 부르도네 씨•가 이 섬에 오고 3년이 지난 뒤에서야 마침내 라 투르 부인은 이 총독이라는 사람이 이모님 쪽에서 온 편지를 받아 자기한테 다시 전해주어야 한다는 것을 알게 되었네. 이때만큼은 부인도 옷차림이 추레해 보일까 하는 걱정 따윈 접어두고 포르루이로 달려갔으니, 엄마로서의 기쁨이란 체면치레 정도는 아랑곳하지 않게 해주었던 게지. 라 부르도네 씨는 과연 그제야 부인의 이모님한테서 온 편지를 전해줬다네. 그분께서 제 질녀에게 한다는 말이, 모험가니 탕아니 하는 인간과 결혼했으니 그 신세가 당연하다, 정염에는 징벌이 따르게 마련이니 남편의 때 이른 죽음은 신이 내린 정당한 응징이다, 프랑스에 있으면서 가족에 망신을 주느니 섬으로 가버리길 차라리 백번 잘했다, 여하튼 게으른 치들만 아니라면 모두가 큰돈을 벌어 온다는 좋은 나라에 있는 셈이다, 하는 것이었네. 그렇게 부인을 책망한 뒤에는 자화자찬으로 편지를 끝맺었다지. 자기는 대개 결혼에 뒤따르게 마련인 참담한 결과를 피하기 위해 언제까지고 결혼하기를 거부해왔다고 말이야. 진실은 그 이모라는 분 마음이 야망으로 가득 차서, 훌륭한 가문 출신 남자가 아니면 결혼은 거들떠보지도 않았더라는 게지. 그런데 아무리 부잣집이고 또 궁정에서는 다들 돈 말고는 아무 데도 관심을 갖지 않는다고 해도, 그렇게 못생긴 데다가 인정머리까지 없는 처녀와

● 마에 드 라 부르도네(1699~1753)는 1735년 프랑스 섬에 총독으로 부임했으며, 1746년까지 재직했다.

집안끼리 연을 맺고 싶어 했을 사람이 누구 하나 있을 리 없었다네.

이모님은 추신에 가서 덧붙이길, 심사숙고한 끝에 라 부르도네 씨에게 그녀의 신분을 단단히 보증해두었노라고 했어. 그분이 실제 라 투르 부인의 신분을 보증해준 것은 맞지만, 그건 그저 공공연히 적의를 가진 사람보다는 보호자를 더 두려워해야 할 사람으로 만드는, 오늘날에는 아주 통상적으로 받아들여지는 관례에 따른 것이었네. 말하자면 총독에게 질녀에 대한 자신의 몰인정을 정당화하려고 부인을 동정하는 척하면서 실제로는 헐뜯는 말을 늘어놓았던 게지.

라 투르 부인은, 어느 무심한 남자일지언정 관심과 경의를 보일 수밖에 없었을 그런 사람인데도, 그녀에 대한 안 좋은 선입관을 가진 라 부르도네 씨로부터 극심한 냉대를 받았다네. 총독은 부인이 자기와 자기 딸이 처한 상황에 대해 알려주고자 했던 말에도, "봐야죠……. 생각해봅시다……. 시간을 두고요……. 불쌍한 사람들은 차고 넘친답니다……. 아니, 어쩌다가 점잖으신 이모님께 반감을 사셨을까요? ……그건 부인 잘못이지요"라고 짧게 말을 끊어가며 딱딱한 대답만 할 뿐이었지.

라 투르 부인은 애통함에 가슴이 미어져, 한가득 설움으로 응어리진 마음을 안고 집으로 돌아왔다네. 집에 오자마자 부인은 자리에 앉아 식탁 위에 이모님의 편지를 던져놓고는 친구에게 말했어.

"이게 11년을 참고 기다린 결과라네요."

하지만 집안사람 중 글을 읽을 줄 아는 사람이 라 투르 부인밖에 없었기에, 부인은 편지를 다시 집어 들고 온 가족이 모인 앞에서 그것을 읽었지. 편지를 다 읽자마자, 마르그리트는 격한 목소리로 부인에게 말했네.

"당신 친척들이 우리한테 무슨 필요가 있어요? 신이 우릴 버리길 했나요? 하느님만이 우리의 유일한 아버지이신 걸요. 지금까지 우리 행복하게 살아오지 않았나요? 그런데 왜 슬퍼하고 있어요? 당신은 정말 용기가 없는 사람이에요."

그러던 중에 마르그리트는 라 투르 부인이 우는 것을 보고, 부인의 목에 매달리듯 몸을 던져 그녀를 품에 끌어안고 외쳤네.

"사랑하는 친구, 내 소중한 친구!"

하지만 목구멍을 치받는 오열에 마르그리트는 목소리가 잘 나오지 않았지. 이 광경에 비르지니도 왈칵 울음을 터뜨리며 엄마의 손과 마르그리트의 손을 번갈아 꼭 쥐면서 자기 입에, 다시 자기 심장에 갖다 댔네. 그런데 폴의 눈은 분노로 타올랐고, 누굴 탓해야 할지 몰라 울부짖으며 주먹을 꽉 쥐고서는 발을 동동 굴렀어. 이 소리에 도맹그와 마리까지 달려왔고, 오두막 안에서는 "아아, 부인! ……우리 친절한 주인님! ……어머니! ……울지 마세요" 같은 고통에 겨운 울음소리 말고는 아무 소리도 나지 않았다네. 그토록 따뜻한 애정 표현에, 라 투르 부인의 설움은 씻겨나가듯 사라져버렸지. 부인은 폴과 비르지니를 품에 안고, 대견한 표정으로 아이들에게 말했네.

"내 아가들, 너희 때문에 내가 아프지만, 또한 내 모든 기쁨은 너희가 주는 것이구나. 오오! 사랑하는 아가들아, 불행은 오로지 저 멀리서 찾아온단다. 행복은 내 주변에 있는데 말이야."

폴과 비르지니는 그 말을 잘 이해하지 못했지만, 라 투르 부인이 평온해지는 것을 보고 미소를 지으며, 부인을 어루만지기 시작했다네. 그렇게 모두가 다시 행복을 되찾았으니, 그 날의 일은 화창한 계절 가운데 몰아친 비바람에 지나지 않았음이야.

이 두 아이는 타고나길 선량해서 나날이 그 착한 성정이 깊어갔지. 어느 일요일, 먼동이 터올 무렵, 엄마들이 왕귤나무 성당에 첫 미사를 보러 가 있는 동안, 주인집에서 도망쳐 나온 흑인 여자 노예 한 명이 그 집을 둘러싸고 있는 바나나나무 아래서 나타났다네. 그 여자는 해골처럼 수척했고, 옷이라곤 허리에 두른, 걸레로 쓰는 천 쪼가리 하나밖에 없었지. 그 흑인 노예는 가족들의 아침 식사를 준비하던 비르지니의 발치에 몸을 던지고는 그 아이에게 말했다네.

"아가씨, 도망쳐 나온 이 불쌍한 노예에게 부디 자비를 베풀어주세요. 한 달 전부터 이 산속을 헤매면서 번번이 추격나온 사람들과 개들에게 쫓기느라 배가 고파 거의 죽기 직전

이랍니다. 저는 흑강(黑江)에 사는 돈 많은 주인집에서 도망쳐 나왔어요. 보시다시피 저를 이렇게 학대했답니다."

그 말과 함께 노예는 채찍질당해 기다란 자국으로 움푹움푹 살이 팬 상처투성이의 몸을 비르지니에게 보여주었네. 그녀가 덧붙여 말했지.

"물에 빠져 죽어버릴까 싶었지만, 아가씨께서 여기 살고 계신 것을 알고 나서는 이런 생각을 했습니다. 이 나라에도 아직은 착한 백인들이 있으니까, 아직 죽어서는 안 된다."

비르지니는 가슴이 뭉클해져서 그녀에게 대답했네.

"마음 놓으세요, 이리도 복이 없는 분이라니! 들어요, 들어."

그러고는 식구들과 아침으로 먹으려고 만들어둔 식사거리를 그녀에게 내주었어. 여자는 순식간에 그 음식을 통째로 집어삼켰네. 비르지니는 그녀가 배불리 먹는 것을 보면서 말했지.

"가여운 사람, 딱하기도 하지! 당신 주인에게 당신의 용서를 구해주고 싶어요. 당신을 보면 그 사람도 동정심에 마음이 움직일 거예요. 저를 그분 집까지 데려다주시겠어요?"

흑인 여자는 그 즉시 대답했네.

"하느님의 천사여, 당신께서 가고자 하시는 곳이라면 어디든 따르겠습니다."

비르지니는 오빠를 불러 같이 가달라고 부탁했어. 도망쳐 나왔다는 그 노예는 이리저리 오솔길을 따라 두 사람을 데려갔고, 그들은 그렇게 숲 한복판을 지나, 갖은 고생을 해가면서 높은 산들을 기어올랐지. 산을 넘어선 뒤에는 걸어서 넓은 강들도 건넜다네. 마침내 정오가 다 될 무렵, 그들은 흑강 변두리에 있는 언덕 아래까지 닿았어. 거기서 그들은 으리으리하게 지어진 집과, 막대한 플랜테이션 농장, 그리고 수많은 노예들이 온갖 일을 하느라 분주한 모습을 보았지. 노예들의 주인은 입에 파이프를 물고, 손에는 등나무 지팡이를 쥐고서 그 사이를 거닐고 있었네. 그는 올리브빛 머리에 키가 크고 얼굴이 야윈 사내로, 움푹 꺼진 눈에다가 검은 눈썹이 일자로 붙은 생김새를 하고 있었어. 감정이 북받친 비르지니는 폴의 팔을 잡고 집주인에게 다가가, 하느님의 사랑으로 자기들 뒤에 몇 걸음 떨어져 있는 당신의 노예를 부디 용서해달라며 간청했지. 처음에 그 사람은 행색이 초라한 두 아이를 크게 신경 쓰지 않았지만, 비르지니의 우아한 몸매와 파란 망토 아래 아름답게 빛나는 금발을 보고, 또 그에게 자비를 구하는 말을 하면서 마치 온몸이 떨리듯 진동하는 목소리의 고운 음성을 듣고, 입에 물고 있던 파이프를 떼고는 등나무 지팡이를 하늘로 들어 올리면서, 하느님의 사랑을 위해서가 아니라 그녀에 대한 사랑으로 자기 노예를 용서하겠노라 추잡한 맹세를 했다네. 곧바로 비르지니는 노예에게 앞으로 나와 주인에게 가라고 손짓했어. 그러고 나서는 그 자리를 달아났고, 폴도 그 뒤를 쫓아 뛰었네.

둘은 같이 아까 내려왔던 언덕 뒤편으로 다시 올라갔는데, 꼭대기에 다다라서는 피곤과 배고픔과 갈증에 허덕이며 나무 아래 앉았지. 해가 뜨고 나서부터 아무것도 먹지 않고 5리외 넘게 왔던 게야. 폴이 비르지니에게 말했네.

"동생아, 정오를 넘겼으니 이제 배도 고프고 목도 마르지. 그런데 우리가 여기서 저녁거리를 찾기는 어려울 거야. 그러니 언덕을 다시 내려가서 그 노예 주인이라는 사람한테 먹을 걸 좀 달라고 해보자."

"아니야, 오빠."

비르지니가 말을 되받길,

"그 사람 너무 무서워. 엄마가 이따금 하던 말을 떠올려봐. 악인의 빵은 입안 가득 자갈을 채운다."

"그럼 어떻게 할까?"

폴이 말했네.

"여기 나무에 열린 열매는 죄다 못 먹는 것들뿐이야. 여기엔 네가 목을 축일 만한 타마린드나 레몬도 없단 말이야."

"하느님께서 자비를 베푸실 거야."

비르지니가 답했어.

"신은 먹이를 찾는 작은 새들의 울음소리도 들어주시니까."

비르지니가 말을 끝마치기 무섭게 두 사람은 근처 바위에서 샘물이 떨어지는 소리를 들었네. 둘은 그곳으로 달려갔고, 크리스털보다 더 투명한 물로 갈증을 풀고 나서는, 물가에 자라난 물냉이 몇 줄기를 따서 먹었지. 두 아이가 좀 더 든든한 먹을거리를 찾을 수는 없을까 하고 이쪽저쪽을 둘러보고 있었을 때, 비르지니는 숲속 나무들 사이에서 어린 캐비지야자나무 한 그루를 발견했네. 이 나무 꼭대기에 잎이 모이는 가운데서 피는 양배추는 먹기에 맛이 아주 좋지. 다만 그 나무 줄기가 아무리 사람 다리보다 굵지는 않았어도, 높이는 60피에•를 훨씬 넘었다네. 사실 이 나무의 목질은 한 다발 섬유질로 이루어져 있을 뿐이지만, 그걸 둘러싼 변재가 너무 단단해서 날이 제일로 잘 드는 도끼라도 튕겨내버린단 말이야. 하물며 폴은 칼 한 자루 가지고 있지 않았다네. 폴은 저 캐비지야자나무 밑동에 불을 놓아야겠다는 생각이 들었어. 한데 그게 또다시 곤혹이었어. 폴에겐 부시가 있지도 않았거니와, 더욱이 이 섬은 온통 바위로 뒤덮여 있어서 내가 보기엔 부싯돌로 쓸 만한 돌 한 조각 찾을 수 있을 것 같지 않으니 말이야. 필요는 근면을 낳는다지. 그러니까 최고로 실용적인 발명은 대개가 가장 배고픈 사람한테서 생겨나는 법일세. 폴은 흑인들이 하는 식으로 불을 붙여보기로 했네. 그 아이는 돌의 한쪽 귀퉁이를 가지고 잘 마른 나뭇가지에 작은 구멍 하나를 내고, 그 나뭇가지를 발로 고정시켰어. 그러고 나서 그 돌의 날이 선 끝부분을 가지고, 똑같이 건조하지만 다른 종류의 나

• 프랑스의 옛 길이 단위로, 1피에는 약 0.3248미터.

뭇가지 조각을 잡아서 끝을 뾰족하게 만들었지. 그런 다음 이 뾰족해진 나뭇조각을 발로 밟고 있던 나뭇가지의 작은 구멍에 맞춰놓고, 마치 초콜릿에 거품을 내려고 막대 거품기를 회전시킬 때처럼 양손으로 빠르게 돌리면서 비볐고, 얼마 지나지 않아 두 나무가 닿아 있는 지점에서 연기와 불꽃이 나는 것을 보았네. 폴은 마른 풀과 다른 나뭇가지들을 그러모아 캐비지야자나무 밑동에 불을 질렀고, 얼마 있다가 나무는 엄청난 굉음과 함께 쓰러졌지. 또한 불은 야자 순을 둘러싸고 있는, 나무처럼 단단하고 가시 돋친 길쭉한 잎을 벗겨내는 데도 쓸모가 있었어. 폴과 비르지니는 그 야자 순을 일부는 생으로 먹고, 나머지는 잿불로 덮어 구워 먹었는데, 두 가지가 다 맛있다고 생각했지. 두 아이는 아침에 자신들이 했던 선행을 떠올리면서, 벅차오르는 기쁜 심정으로 이 조촐한 식사를 했네. 그렇지만 그 기쁨은 두 사람에게 충분히 짐작되었던 바와 같이, 오랫동안 집을 비우는 바람에 두 엄마에게 생겨났을 근심으로 인해 어지러워지고 말았어. 비르지니는 몇 번이고 이 얘기를 다시 꺼냈고, 그러는 동안 기력을 회복했다고 느낀 폴은 비르지니에게 두 분을 안심시키는 데 얼마 걸리지 않을 거라고 약속했네.

막상 식사를 다 하고 나자 두 아이는 적잖이 당황했다네. 집까지 다시 길을 안내해줄 사람이 이젠 없었으니 말이야. 폴은 놀란 기색 하나 없이 비르지니에게 말했지.

"우리 오두막은 정오에 해가 떠 있는 쪽에 있어. 그러니 우리는 오늘 아침처럼 저기 세 개의 봉우리가 보이는 산을 넘어야 해. 어서, 우리 동생, 걸어가보자."

그 산의 이름은 삼유방산•이었는데, 세 개의 봉우리가 유방의 형상을 하고 있다 해서 그런 이름이 붙었다네. 그리하여 두 아이는 흑강 언덕을 북쪽 사면으로 해서 내려왔고, 거기서 다시 한 시간 정도 걸어서 어느 커다란 강의 가장자리에 닿았지. 그 강이 두 아이의 앞길을 가로막았네. 지금도 마찬가지네만, 이 섬 대부분은 온통 숲으로 뒤덮여 있어서 사람들에게 거의 알려져 있지 않다보니, 섬 안에는 아직까지도 이름이 없는 강과 산이 여럿 있다네. 두 아이가 있던 강변에서는 강물이 강바닥의 돌 위를 흐르며 거품을 부글부글 일으키고 있었지. 그 물소리에 겁을 먹은 비르지니는 걸어서 강을 건너야 한다니 물속으로 감히 발도 들여놓지 못하고 있었네. 그러자 폴은 비르지니를 등에 업었고, 강물이 요동치는데도 불구하고 그렇게 동생을 짊어진 채 미끄러운 바위를 디디며 강을

• 산꼭대기가 유방처럼 봉긋하게 솟은 모습을 하고 있어 세상 각 언어마다 이를 이름으로 삼는 산들이 많이 있다. 이들은 실로 진정한 젖가슴이니, 이는 그들로부터 비롯하여 수많은 강과 개울이 흐르고, 그 강과 개울이 땅 위에 풍요를 퍼뜨리는 까닭이다. 이러한 산들은 주요 하천의 물줄기를 이루는 근원이며, 산 중앙에서 마치 젖꼭지처럼 돌출되어 있는 바위 봉우리 주변으로 끊임없이 구름을 끌어당김으로써 하천에 물을 공급함에 있어서도 한결같다. 우리는 이전까지의 연구를 통해 경탄을 자아내는 자연의 이러한 선견지명을 밝힌 바 있다(원주).

건넜어.

"겁먹지 마."

폴이 비르지니에게 말했네.

"난 너랑 같이 있으면 더 큰 힘이 생기는 걸 느껴. 아까 그 흑강의 주민이 노예를 용서해달라는 너의 청을 거절했다면, 나는 그 사람이랑 싸웠을 거야."

"뭐라고?"

비르지니가 말했네.

"그렇게 크고 그렇게 못된 사람이랑? 내가 오빠를 너무 위험하게 했어! 맙소사! 착한 일을 한다는 건 얼마나 어려운지! 세상에 하기 쉬운 건 나쁜 짓밖에 없다니까."

강 건너 기슭에 다 와서도 계속해서 동생을 업고 길을 가고 싶었던 폴은, 그대로 거기서 앞쪽으로 반 리외 정도 떨어진 곳에 보이는 삼유방산을 오르겠다며 자신감을 내비쳤지만, 곧 힘이 빠져 비르지니를 땅바닥에 내려놓고 그 옆에서 쉴 수밖에 없었네. 그러자 비르지니가 폴에게 말했지.

"오빠, 날이 저물고 있어. 오빠는 아직 힘이 남아 있지만, 나는 이제 힘이 부쳐. 날 여기 남겨두고 혼자서라도 오두막으로 돌아가 우리 엄마들부터 안심시켜줘."

"아니, 안 돼!"

폴이 말했네.

"나는 널 떠나지 않을 거야. 우리가 있는 이 숲속으로 밤이 찾아들면 불을 붙일게. 야자나무도 쓰러뜨릴 거야. 너는 거기서 떨어진 야자 순을 먹으면 되고, 나는 네가 몸을 피할 수 있도록 그 앞으로 초막을 지을 거야."

비르지니는 이렇게 잠시 쉬는 와중에도, 강가 쪽으로 기울어 있는 고목 줄기에서 거기 매달려 있는 골고사리의 길쭉한 이파리를 따서는 그걸 발에 감싸 일종의 장화를 만들었다네. 길 위에 깔린 돌 때문에 발에서 피가 나고 있었던 게지. 성의를 다해 도움이 되고 싶었던 나머지 신발 신는 것을 까먹었었거든. 고사리 잎에서 전해지는 찬 기운에 고통이 가라앉는 것을 느낀 비르지니는 대나무 가지 하나를 부러뜨려 한 손으로는 그 막대기를 짚고, 다른 한 손으로는 오빠의 부축을 받으며 걷기 시작했어.

두 아이는 그렇게 천천히 숲을 가로질러 나아갔지만, 높이 솟아오른 나무와 빽빽하게 우거진 잎은 순식간에 길라잡이로 삼았던 삼유방산을 시야에서 가려버렸고, 이미 뉘엿거리고 있던 해마저도 감춰버렸다네. 얼마 안 있어 두 아이는 자신들도 모르는 사이 그때까지 걸어오면서 터놓은 오솔길에서 벗어나, 나무와 리아나 덩굴과 바위로 이루어진, 더는 빠져나갈 길 없는 미로 속에 들어와 있었지. 폴은 비르지니를 앉혀두고, 완전히 눈이 뒤집혀서는 이 빽빽한 덤불숲에서 빠져나갈 길을 찾아내려고 사방팔방으로 뛰어다니기 시작했어. 하지만 부질없이 지치고 말았네. 폴은 최소한 삼유방산이라도 봐두기 위해 키가 큰 나무 꼭대기까지 올라갔지만, 주위에 보이는 것이라곤 그저 저물어가는 마지막 햇살을 받아 드문드문 선연한 빛깔로 물든 나무우듬지뿐이었지. 그러는 동안 산 그림자는 이미 골짜기 곳곳의 숲을 뒤덮었고, 해 질 무렵이면 으레 그렇듯 바람은 잦아들었네. 깊은 침묵이 그 적막 속을 퍼져나갔고, 보금자리를 찾아 그처럼 외딴곳으로 들어오는 사슴들의 울음소리 외에는 아무 소리도 들리지 않았어. 폴은 누군가 사냥꾼이라도 있으면 들을 수 있지 않을까 하는 희망에 온 힘을 다해 외쳤네.

"여기요! 여기 와서 비르지니를 도와주세요!"

하지만 그의 목소리에 화답한 것은 잇달아 "비르지니…… 비르지니……"만을 반복하며 울려오는 숲의 메아리뿐이었지.

폴은 피로감과 서러움에 짓눌린 나머지 나무에서 내려왔네. 그는 어떻게든 그곳에서 하룻밤을 보낼 방법을 궁리해봤지만, 샘터도, 캐비지야자나무도 보이지 않았고, 불붙이는 데 쓸 만한 마른 나뭇가지조차 보이지 않았지. 그러자 폴은 경험상 자기가 가진 방편이 너무나 형편없다는 것을 직감적으로 깨달았고, 급기야 울기 시작했어. 비르지니는 폴에게 이렇게 말했다네.

"울지 마, 오빠. 내가 마음 아파 쓰러지는 걸 보고 싶지 않으면 말이야. 오빠가 힘들어하는 것도, 지금 우리 엄마들이 슬픔에 시름하시는 것도 다 나 때문이야. 아무리 착한 일이라

해도 엄마들이랑 아무 상의도 없이 뭘 해서는 안 되는 건데. 아! 내가 너무 무모했어!"

그러더니 비르지니도 울음을 터뜨리고 말았지. 그러면서도 폴에게 이렇게 말했네.

"하느님께 기도하자, 오빠. 하느님께서 우리를 불쌍히 여겨 주실 거야."

기도를 마치자마자, 두 아이는 개 한 마리가 짖는 소리를 들었네.

"저건 사냥꾼이 부리는 개야."

하고 폴이 말했어.

"저녁이 되면 숨어 있다가 사슴들을 죽이러 오는 거지."

조금 지나자 개 짖는 소리는 더 심해졌네.

"내 생각엔,"

비르지니가 말했어.

"피델 같아. 우리 집 개야. 맞아, 나 피델이 짖는 소리는 알아듣거든. 그럼 우리 이제 거의 다 온 거 아닐까? 우리 집에 있는 산 밑까지?"

정말로 잠시 후 피델이 두 아이의 발치까지 와서 컹컹대며 울부짖다가, 낑낑거리고 신음하고 또 몸을 비비면서 두 사람을 못살게 굴었네. 폴과 비르지니는 깜짝 놀라 정신도 못 차리고 있었는데, 얼핏 둘을 향해 달려오는 도맹그의 모습이 보였지. 이 마음씨 고운 흑인은 도착하면서부터 기쁨에 겨워 울고 있었고, 두 아이 또한 그런 그에게 말 한마디 꺼내지 못하고 울기 시작했네. 도맹그는 평정심을 되찾고 나서야 두 아이에게 이렇게 말했어.

"어휴, 우리 젊은 마님들, 두 분 어머니께서 얼마나 걱정하고 계신지 아십니까! 미사 모시고 갔다가 돌아와보니 두 분을 어디 찾으려야 찾을 수가 없어 어머니들께서 어찌나 놀라셨는지요! 마리는 집 한쪽 구석에서 일하고 있었어서, 두 분이 어디로 가셨다는 이렇다 할 말도 해주지 못했답니다. 저는 왔다 갔다 집 주위를 서성대면서 도대체 어디로 가서 두 분을 찾아야 할지 혼자서는 어찌할 바를 모르고 있었다고요. 그러다 겨우 두 분께서 옛날에 입던 옷을 가져와 피델한테 냄새를 맡게 했어요.• 그랬더니 곧바로 이 가련한 짐승이 마치 내 말을 알아듣기라도 한 것처럼 두 분이 걸어간 길을 추적하기 시작했다니까요. 그렇게 이 녀석이 계속해서 꼬리를 흔들면서 저를 흑강까지 이끌어주었답니다. 거기서 저는 한 주민으로부터 두 분께서 그 사람네 집에서 도망친 흑인 여자

• 흑인 도맹그와 그의 강아지 피델이 보여주는 이런 영리한 행동은 크레브쾨르 씨가 '어느 미국 농민의 편지'라는 제목의 인간미 넘치는 작품에서 이야기한 원주민 테웨니사와 그의 강아지 오니아의 행동과 많이 닮았다(원주).
《어느 미국 농민의 편지》는 크레브쾨르(1735~1813)가 1782년 영어로 먼저 출간했다가 개정, 증보하여 1784년 프랑스어로 재출간한 작품으로, 당시 미국을 이상적인 낙원으로 묘사하며 자연과 전원생활을 찬미한 것으로 알려져 있다(옮긴이 주).

노예를 다시 데려왔고, 그 사람이 두 분 의견에 따라 자비를 베풀기로 했다는 소식을 듣게 되었답니다. 그런데 그런 것도 자비랍니까! 그 사람은 저한테 통나무에 묶여 있는 그 흑인 여자를 보여줬는데, 발에는 쇠사슬을 채우고 목에다가는 갈고리가 세 개 달린 쇠 굴레를 씌워놨더군요. 계속해서 두 분의 자취를 좇던 피델은 거기서 흑강 언덕으로 저를 데려갔고, 언덕에 이르자 다시 한번 멈춰 서더니 온 힘을 다해 짖었어요. 샘터 부근이었는데 주변에 캐비지야자나무 한 그루가 쓰러져 있었고, 그곳 가까이 아직 연기가 오르는 불이 지펴져 있었답니다. 이제야 마침내 피델이 저를 이곳에 데려다주었네요. 지금 저희가 있는 곳은 삼유방산 아랫목인데, 집까지는 족히 4리외도 더 남았어요. 자, 그러니 어서 이걸 잡수시고 힘을 내세요."

도맹그는 말을 마치자마자 두 아이에게 과자와 과일, 그리고 약주가 가득 담긴 조롱박을 내주었는데, 그 약주는 포도주와 레몬즙을 섞은 물에다가 설탕과 육두구를 넣어 만든 것으로, 아이들이 원기도 회복하고 갈증도 풀라고 두 어머니가 준비해준 것이었다네. 비르지니는 그 불쌍한 노예를 떠올리며, 그리고 걱정하고 계실 두 어머니를 떠올리며 한숨을 내쉬었지. 그 아이는 몇 번이고 "아아, 착한 일을 한다는 것이 이렇게나 어렵다니!"라는 말을 되뇌었어. 폴과 비르지니가 목을 축이는 동안, 도맹그는 불을 지펴놓고, 바위틈을 뒤져 순찰나무라 불리는 꾸부렁하게 굽은 나무를 찾아 왔네. 벌써 밤이 다 되었기에 완전 생나무일 때도 불이 활활 잘 타오르는 그 나무에 불을 붙여 횃불을 만들었지. 그렇지만 막상 길을 떠나야겠다 싶던 즈음, 도맹그는 훨씬 더 큰 당혹감을 느꼈네. 폴과 비르지니가 더 이상 걸을 수 있는 상태가 아니었던 게야. 두 아이의 발은 온통 빨갛게 부어올라 있었지. 도맹그는 거기서 아주 멀리 떨어진 곳에라도 가서 도움을 구해야 할지, 아니면 두 아이와 함께 그곳에서 밤을 보내야 할지, 도무지 갈피를 잡을 수가 없었네.

"제가 두 분을 함께 품에 안았던 시절은 어디쯤에 가 있을까요?"

도맹그가 말했지.

"하지만 이제 두 분은 장성하시고, 저는 늙어버렸답니다."

그가 이렇게 곤혹스러워하고 있을 즈음, 한 무리의 탈주 흑인 노예들이 거기서부터 스무 걸음 정도 떨어진 곳에서 모습을 드러냈네. 그 무리의 대장이 폴과 비르지니에게 다가오더니 이렇게 말했어.

"마음씨 좋은 백인 꼬마분들, 무서워하지 마세요. 오늘 아침 저희는 두 분이 흑강의 흑인 여자와 함께 지나가는 것을 보았습니다. 두 분이서 그 악질 주인에게 용서를 대신 구하러 가셨다지요. 고마움의 표시로 저희가 두 분을 어깨에 메고 집까지 모셔다드리겠습니다."

그러더니 그가 신호를 했고, 곧바로 가장 건장한 흑인 탈주노예 네 명이 나뭇가지와 리아나 덩굴을 엮어 들것을 만들고는, 폴과 비르지니를 거기 앉힌 다음 어깨에 멨다네. 이에 맞춰 도맹그는 횃불을 들고 그들 앞으로 걸어 나갔고, 무리 지어 왔던 사람들 모두가 환호성을 지르며 두 아이에게 축복을 한가득 빌어주는 가운데 그들은 길을 나섰지. 비르지니는 감격에 겨워 폴에게 말했네.

"봐봐, 오빠! 하느님은 착한 일에 반드시 보답을 해주신다니까."

그들은 한밤중이 되어서야 집을 둘러싼 산 밑에 도착했는데, 여러 군데 불을 피워놓은 덕에 산등성이가 환히 밝았다네. 그런데 그만 산을 오르기가 무섭게 큰 소리로 외치는 목소리가 들려왔어.

"너희들이니, 우리 아가들?"

두 아이는 흑인들과 함께 대답했네.

"네, 저희예요."

그러자 곧 두 어머니와 마리가 아직 이글거리는 잉걸불을 들고 두 사람 앞으로 다가오는 것이 보였다네.

"이 가여운 것들,"

라 투르 부인이 말했어.

"너희들 도대체 어디 있다 오는 거니? 너희 때문에 우리가 얼마나 마음을 졸였는지!"

비르지니가 말했네.

“흑강에 가서 도망쳐 나온 불쌍한 여자 노예의 용서를 대신 구하고 왔어요. 제가 오늘 아침에 보니까 굶어 죽어가고 있길래 집에서 아침으로 먹으려던 것을 내줬거든요. 그런데 지금은 이렇게 탈주 노예들이 저희를 데려다주었네요.”

라 투르 부인은 더 말을 잇지 못하고 딸에게 입을 맞춰주었네. 그러자 비르지니는 어머니의 눈물이 자기 얼굴을 적시는 것을 느끼곤 어머니에게 말했어.

“제가 겪어온 모든 고난이 어머니 덕분에 보상받는답니다.”

마르그리트도 정신없이 기뻐하며 양팔로 폴을 끌어안고 말했네.

“너도야 우리 아들, 너도 좋은 일을 한 거야.”

두 어머니는 아이들과 함께 오두막에 도착하자 흑인 탈주 노예들에게 푸짐하게 먹을 것을 차려주었고, 노예들은 이런 저런 여러 가지 말로 두 집안의 번영을 기원하면서 자신들의 숲으로 돌아갔어.

이 두 가족에게는 하루하루가 행복과 평화로 가득한 나날이었네. 시기심이나 야망이 그들을 괴롭히는 일도 없었지. 음모로 말미암아 주어지고 모함으로 인해 빼앗기는, 그런 바깥에서의 헛된 평판도 전혀 바라지 않았으니, 두 가족은 서로가 서로의 됨됨이를 살펴주고 그것을 헤아려주는 것만으로도 충분했음이야. 유럽 식민지 어딜 가나 마찬가지겠지만, 이 섬에서도 악랄한 뒷담화가 아니고서는 사람들이 별 흥미를 느끼지 않아, 두 가족의 덕행은 물론 그들의 이름조차도 도외시되고 있었다네. 다만 왕귤나무 길을 지나가던 어느 행인이 평지 사는 사람들에게 "저 위에 있는 작은 오두막에는 누가 산답니까?" 하고 물으면, 이 주민들은 잘 알지는 못해도 그저 "거긴 착한 사람들이 살지요"라고 대답하곤 했다지. 이처럼 가시덤불 아래 있는 제비꽃은 비록 보이진 않더라도, 저 멀리까지 제가 가진 그윽한 향기를 내뿜는 법일세.

두 가족은 대화 중에도 험담을 금했으니, 그 험담이란 것은 정의를 빙자하여 마음속에 반드시 증오나 위선을 심기 마련일세. 사람을 악하다 믿으면 미워하지 않을 수가 없고, 친절한 척 위선을 떨면서 악한 이들에 대한 증오를 감추지 않는다면 그들과 어우러져 살아갈 수가 없기 때문이지. 이렇듯 험담은 타인에게든 우리 자신에게든 해를 끼칠 수밖에 없게 만든다네. 그러나 이 두 가족은 사람 하나하나를 따로 판단하지 않고, 그저 모든 사람에게 두루두루 선행을 베풀 방안에 대해서만 이야기를 나눴어. 비록 그럴 만한 여력이 있는 것은 아니었지만 의지만큼은 한없이 강한 그들이었기에, 마음속은 늘 바깥세상을 향해 뻗어나갈 준비가 되어 있는 호의로 가득했다네. 그래서 두 가족은 은둔하듯 살아가면서도, 사교성 없이 무례하게 굴기는커녕 더 인정 넘치는 사람들이 되어 있었지. 추문 가득한 세간의 이야기는 그들의 대화에 어떤 소재거리도 되어주지 못했던 반면, 자연에 관한 이야기는 황홀과 환희로 그들의 마음을 가득 채워주었어. 두 가족은 자연의 섭리가 자신들의 손을 빌려 내비치는 권능을 열렬히 찬미했던바, 그것은 이 척박한 바위땅 한가운데로 풍요와 은총과 순수한 즐거움을, 끊임없이 되살아나는 소박한 즐거움을 퍼뜨려주었다네.

폴은 열두 살 때 이미 열다섯 살 정도 된 유럽 아이들보다 더 건장하고 더 똑똑했으니, 흑인 도맹그로서는 그저 땅을 갈아 농사짓는 것밖에 모르던 곳을 더 아름답게 꾸며갔다네. 그 아이는 도맹그와 함께 이웃 숲으로 가서 어린 묘목들을 뽑아오곤 했는데, 레몬나무며 오렌지나무며 타마린드나무, 이 나무는 머리 부분이 아주 아름다운 초록 빛깔로 둥글게 자라고, 또 아노나나무, 이 나무는 열매에서 오렌지꽃 향기가 나는 달콤한 진액이 가득한데, 이런 나무들을 이미 웬만큼 잘 자란 것으로 골라 이 분지를 둘러싼 암벽 주위에 심어뒀어. 폴은 그곳에 다른 나무들의 씨도 뿌려두었는데, 심고 나서 이태째 되는 해부터는 꽃을 피우고 열매도 맺혔으니, 길쭉하고 하얀 꽃송이가 마치 샹들리에의 크리스털처럼 사방으로 드리우던 아가티스라든가, 엷은 보랏빛 회색 꽃송이가 허공으로 바르게 서 있는 페르시아 라일락이 있었고, 또 파파야나무도 있었는데, 이 나무는 가지도 없는 줄기에 초록색 멜론이 비죽비죽 튀어나와 기둥 형태로 솟아 있고, 무화과나무 잎과 비슷하게 생긴 커다란 잎이 그 기둥머리에 얹혀 있는 모양새였지.

거기에다가 폴은 바담아몬드나무 씨앗이며, 망고나무, 아보카도나무, 구아버나무, 잭푸르트나무, 로즈애플나무 등의 종자도 심었다네. 그 나무들 대부분은 벌써 저들의 어린 주인에게 그늘과 과일을 제공해주었지. 폴의 바지런한 손은 이 분지에서 가장 척박한 곳까지 풍요를 퍼뜨렸다네. 다양한 종류의 알로에며, 붉은색 줄무늬가 가늘게 난 노란 꽃을 한가득 피우는 라켓 선인장이며, 가시투성이의 기둥선인장이며 하는 것들이 거무스름한 바윗등에서 자라나, 파란색 또는 진홍색 꽃을 흐드러지게 피우면서 산비탈을 따라 여기저기 늘어져 있는 리아나 덩굴까지 닿으려는 듯 보였지.

폴은 이런 식물들을 잘 배치해서 그 풍경을 한눈에 만끽할 수 있도록 해두었다네. 분지 한가운데에는 높게 자라지 않는 풀들을 심었고, 다음으로는 관목들을, 그다음으로는 중키의 나무들을, 그리고 마지막으로 분지 가장자리를 빙 둘러 키 큰 나무들을 심었지. 그렇게 해서 암벽 내부의 이 광활한 땅은 가운데서부터 보면 마치 초목과 과일과 꽃으로 지은 원형극장처럼 이루어져 있었고, 그 안쪽으로는 채소가 심어진 땅과 목초지가 형성된 변두리, 또 논밭과 밀밭이 어우러져 있었다네. 하지만 폴이 자기 계획대로 이 식물들을 다스렸다고 해서 자연의 계획까지 멀리한 것은 아니었어. 자연이 가르쳐준 바에 따라 씨가 바람에 잘 날리는 식물은 높은 곳에, 씨앗이 물 위로 떠다니게끔 되어 있는 식물은 물가에 심었지. 이렇게 해서 식물 하나하나가 각자 자기에게 알맞은 터를 잡아 자랐고, 그 각각의 터는 자기가 품은 식물에 힘입어 자연 그대로의 모습으로 꾸며졌다네. 바위산 정상에서 내려오는 물은 골짜기 안쪽 깊숙한 곳까지 흘러와, 이쪽으로는 샘과 못을 만들고, 저쪽으로는 커다란 물거울을 만들어, 초목 한가운데서 꽃이 만개한 나무들과 바위들과 쪽빛 하늘이 그 안에 비쳤지.

들쭉날쭉 아주 고르지 못한 이런 땅의 생김새에도 불구하고, 이 모든 작물들은 대부분 시야에 다 들어올 정도로 손 닿는 범위 안에 있었다네. 사실상 그 정도로 일을 마무리하는데 있어 우리도 해줄 수 있는 모든 조언과 지원을 아끼지 않고 그 아이를 도왔지. 폴은 이 분지를 빙 둘러싸는 오솔길을 하나 내고, 거기서 갈라져 나온 여러 개의 다른 오솔길이 중앙 부근으로 모이는 형태가 되도록 길을 닦았네. 가장 험준한 지대를 잘 살려서 아무리 땅이 울퉁불퉁해도 쉽게 산책할 수 있도록, 또 손수 심어 기른 나무들도 야생의 식물들과 잘 어우러지도록 가장 적절한 조화를 이루어냈네. 저렇게 지천에 깔린 돌멩이가 지금 보고 있는 이 길들뿐만 아니라, 이 섬 대부분의 지대를 험난하게 만드는 것인데, 폴은 그 돌멩이들을 가져다가 여기저기 피라미드를 쌓아 올리기도 했다네. 흙을 섞어 토대를 만들고, 바위틈에서도 잘 자라는 장미나무며 포인시아나나무며, 또 다른 관목들이며 할 것 없이 뿌리를 구해 와서 그 토대에 잘 다져두었지. 얼마 지나지 않아 이 거무

퉈퉈한 빛깔의 볼품없던 피라미드를 녹음이 물들이고, 또 세상 가장 아름다운 꽃들의 화사한 빛이 감싸주었네. 깊숙이 팬 구렁에는 가장자리를 따라 죽 늘어선 고목들이 구렁 안쪽으로 비스듬히 고개를 숙이고 있어, 천장을 궁륭으로 덮은 모양의 지하 통로가 형성되었는데, 그 안으로는 열기가 파고들 수 없어 누구든 낮 동안에는 거기서 선선한 바람을 쐬며 쉬어 가곤 했지. 오솔길 하나는 아담한 원시림으로 이어져 있었고, 그 가운데에서는 과일이 주렁주렁 열린 과수나무 하나가 바람을 피해 자라고 있었어. 저쪽에 곡식을 걷는 땅이 있었다면, 이쪽으로는 과수원이 꾸려졌네. 이쪽 길에서는 집들이 보였다면, 저쪽에 있는 다른 길에서는 올라갈 엄두조차 낼 수 없는 산꼭대기들이 보였지. 리아나 덩굴과 뒤엉켜 빽빽하게 우거진 타타마카나무 숲에 들어서면 한낮에도 사물이 분간되지 않을 정도였어. 그런데 그 옆으로 산을 등지고 길게 튀어나와 있는 저 거대한 바위 끝에서는 멀리 바다와 함께 이 암벽 안쪽에 있는 사람들까지도 다 보였으니, 때로 바다 저편에서는 유럽에서 오는 선박이나 다시 그곳으로 돌아가는 선박이 모습을 드러내곤 했지. 이들 두 가족은 저녁때가 되면 다 같이 저 바위에 올라, 공기의 상쾌함과 꽃향기와 샘물의 속삭임을, 빛과 그림자의 마지막 해조를 고즈넉이 만끽하곤 했다네.

이 미궁 같은 분지 곳곳에 숨어 있는 대부분의 휴식처에는 이름이 붙어 있었는데, 세상에 그만큼 정겨운 것이 또 없었어. 방금 자네에게 말한 바위 같은 경우, 저 멀리서부터 내가 오는 것이 보인다고 해서 우정의 전망이라고 불렸어. 폴과 비르지니는 자기들끼리 하는 놀이의 일종으로 그곳에 대나무 하나를 심어놓고는, 내가 오는 것이 보이자마자 나무 꼭대기에 조그만 흰 손수건을 매달아 나의 도착을 알렸네. 이웃 산에서 바다에 배가 보이면 기를 올리는 것과 마찬가지로 말이야. 나는 그 대나무 장대에 글귀를 하나 새겨줘야겠다는 생각이 들었네. 내가 여행을 다니면서 느낀 얼마간의 기쁨이란 고대 조각상이나 유적을 보는 데 있었는데, 특히 거기 새겨진 잘 지어진 글귀 하나를 읽노라면 나는 훨씬 더 큰 기쁨을 느낀다네. 그럴 때면 돌에서 인간의 목소리가 솟아나 수 세기를 가로질러 들려오고, 그 목소리가 인적 없는 황야 한가운데 있는 인간에게 말을 걸어와 혼자가 아니라고, 바로 이 장소에 있던 다른 인간들도 그와 같이 느꼈고 생각했으며 아파했다고 말해주는 것만 같아. 또 만약 그 글귀가 이제는 명맥이 끊겨버린 어느 고대 국가로부터 전해져온 것이라면, 그것은 우리의 영혼을 영겁의 벌판으로 펼쳐놓고, 한 제국의 폐허 속에서도 하나의 사유만큼은 살아남았다는 것을 보여줌으로써 영혼은 불멸하다는 것을 느끼게 해주는 듯하네.

그래서 나는 폴과 비르지니가 기를 올리던 작은 깃대에 호라티우스의 이런 시구를 써넣었다네.

……Fratres Helenae, lucida sidera,

Ventorumque regat pater,

Obstrictis aliis, praeter iapyga.

그대들과 같은 어여쁜 별자리 헬레네의 형제들이,

바람의 아버지가 그대들을 인도할지니,

오직 미풍만이 불게 하소서.

이따금 폴이 그 그늘 아래 앉아 저 멀리 높은 파도가 일렁이는 바다를 바라보던 타타마카나무의 껍질에다가는 베르길리우스의 이런 시구를 새겨 넣기도 했네.

Fortunatus et ille deos qui novit agrestes!

오로지 전원의 신들만 알고 있으니, 나의 아들아, 너는 행복하구나!

그리고 이 다른 하나의 글귀는 두 가족의 모임 장소였던 라투르 부인의 오두막집 문 위에 새겨두었네.

At secura quies, et nescia fallere vita.

이곳에 바른 양심과 속일 줄 모르는 삶이 있도다.

그런데 비르지니는 내 라틴어를 하나도 인정하지 않더니,

내가 자신의 풍향계 발에 새겨둔 글귀가 너무 길고 너무 어렵다면서 이런 말을 덧붙였네.

"차라리 이게 더 좋았을 것 같아요. '늘 달뜬 마음으로, 다만 변함없어라.'"

"그 금언은,"

내가 대답했네.

"정조를 뜻하기에 더 좋을 것 같구나."

내 의견에 비르지니는 얼굴을 붉혔어.

이렇듯 행복한 두 가족은 그들을 둘러싼 모든 것에 영혼의 풍부한 감수성을 담아냈다네. 겉보기엔 그다지 별 볼 일 없는 사물들에도 세상 가장 다정한 이름을 붙여주었지. 잔디밭 주위로 오렌지나무, 바나나나무, 로즈애플나무를 동그랗게 빙 둘러 심어놓은 곳은, 가끔 폴과 비르지니가 그 가운데로 춤을 추러 가기도 했다고 해서 '한마음'이라는 이름으로 불렸네. 한 오래된 나무는, 라 투르 부인과 마르그리트가 그 나무 그늘 아래서 서로의 불행을 털어놓곤 했다고 해서 '닦인 눈물'이라 불렸지. 또 밀이나 딸기, 완두콩 등의 씨를 뿌려둔 작은 땅 일부분에다가는 '브르타뉴'와 '노르망디'라는 이름을 가져다 붙이기도 했네. 도맹그와 마리도 저들 주인을 흉내 내어 자신들이 태어난 아프리카의 고향을 기억하고자, 바구니를 만드는 데 쓰는 풀이 자라는 지대와 호리병박을 심어두었던 지대, 이렇게 두 군데를 각각 '앙골라'와 '풀푸앵트'라고 불렀다네. 이렇듯 고국을 떠나온 이들 가족은 각자 자기 고장에서 나는 산물을 통해 고국에 대한 감미로운 환상을 품고, 그것으로 이국땅에서 오는 회한을 달랬지. 아아, 애통하지 않나! 내 여기 있는 나무며, 샘터며, 바위며 하던 것들을 부르던 수천 개의 다정한 말들이 살아 움직이는 것을 보았는데, 지금 이곳은 흉흉하니 다 무너지고, 그리스의 어느 들판처럼 그저 폐허와 애틋한 추억 속 이름만 남아 전할 뿐이라네.

그래도 이 암벽 안쪽에 자리했던 모든 곳들 중에서 '비르지니의 쉼터'라 불리던 곳보다 더 아늑한 곳은 없었어. '우정의 전망' 바위 밑으로 골이 하나 움푹 패어 있는데, 그 안에서 솟아나는 샘물이 보드라운 풀로 뒤덮인 초지 한가운데 작은 웅덩이를 이루고 있지. 마르그리트가 폴을 낳았을 때, 나는 누가 가져다준 인도산 코코넛 열매를 그녀에게 선물했다네. 마르그리트는 그 열매를 아까 그 물웅덩이 언저리에 심고, 거기서 나무가 싹을 틔우면 자기 아들이 세상에 나온 원년이 되는 날로 삼고자 했지. 라 투르 부인도 마르그리트를 따라, 비르지니를 낳자마자 비슷한 생각으로 그곳에 코코넛 열매를 하나 더 심었네. 그렇게 두 개의 열매에서 두 개의 코코넛야자나무가 싹텄고, 그것은 이 두 가족의 모든 내력이 담긴 기록 보관소가 되었어. 그렇게 하나는 폴의 나무, 다른 하나는 비르지니의 나무라는 이름이 붙었지. 둘 다 어린 주인들과 같은 속도로 자랐고, 키는 약간 달랐지만 12년이 지나자 두 가족이 살고 있던 오두막보다도 더 커졌다네. 이미 두 나무의 잎사귀들은 하나로 얽혀 있었고, 가지에 매달린 어린 코코넛 송이들은 샘물이 솟아나는 못 위로 늘어졌네. 그 나무 두 그루를 심은 것을 제외하면, 바윗골은 자연이 가꿔놓은 모습 그대로 남겨져 있었지. 축축한 갈빛 바윗면에서는 검은빛과 초록빛이 어우러진 공작고사리 이파리가 별 모양을 그리며 사방으로 퍼져나갔고, 골고사리 다발은 자줏빛이 감도는 초록색 리본처럼 길게 매달려 바람 따라 치렁댔어. 그 부근으로 붉은 꽃무와 거의 흡사한 꽃이 피는 빈카꽃밭과, 껍질이 산호보다도 훨씬 밝은 핏빛을 띤 고추밭이 경계를 이루며 점차 넓게 퍼져나가고 있었네. 주위에서는 하트 모양 잎이 달린 얼룩무늬 박하와 정향 냄새를 풍기는 바질이 그야말로 지극히 달큼한 향기를 내뿜고 있었지. 산벼랑 위쪽에서부터 타고 내려온 리아나 덩굴은 공중에 펄럭이는 휘장처럼 늘어져, 녹음의 장막으로 바윗면을 거대하게 감싸고 있었네. 이 평화로운 안식처에 매료된 바닷새들은 이곳을 찾아와 밤을 보내곤 했어. 해 질 녘이면 해안선을 따라 날아드는 마도요와 바다종달새가 보였고, 하늘 높은 곳에서는 마치 태양이 자취를 감추듯 검은 군함조가 하얀 열대새와 더불어 인도양의 적막을 등지고 날아가는 모습이 보였다네. 비르지니는 웅장하면서도 야생 그대로의 화려한 꾸밈새를 갖춘 이 샘터를 즐겨 찾아 휴식을 취하곤 했지. 종종 이곳에 와서 두 코코넛나무가 드리운 그는 아래 식구들의 빨래를 하는 일도 있었어. 때로는 집에서 기르던 염소들을 데려와 풀을 뜯게 했지. 염소들한테 짜낸 우유로 치즈를 만드는 동안, 그것들이 바위를 타고 올라 가파른 비탈에서 공작고사리를 뜯어 먹거나, 추녀 끝처럼 튀어나온 바윗부리 위에서 마치 좌대 위에 올라 있는 양 공중에 서 있는 것을 보며 좋아라 했네. 폴은 이곳이 비르지니에게 사랑받는 것을 보곤 근처 숲에서 온갖 새들의 둥지를 가져다놓았어. 그 새들의 아비 새들, 어미 새들이 저들 새끼를 따라 이 새로운 군락으로 와 정착했지. 비르지니가 이따금씩 그것들에게 쌀알이며, 옥수수며, 조며 곡식을 주다보니, 그 아이가 나타나기만 하면 휘파람 소리를 내는 티티새와 아주 포근하게 지저귀는 홍작, 깃털이 불꽃처럼 빨간 붉은멥새 들이 덤불숲을 박차고 나왔고, 에메랄드처럼 청록빛이 감도는 잉꼬들은 그 옆에 있던 종려나무에서 내려오는가 하면, 자고새들은 풀밭을 헤치고 달려왔네. 그렇게 모든 새들이 한데 뒤엉켜 무슨 암탉 무리처럼 비르지니의 발밑까지 밀려들었어. 폴과 비르지니는 그것들이 재간을 부리거나 먹을 것을 찾는 모습, 사랑을 나누는 모습을 보며 희희낙락 마냥 즐거워했지.

사랑스러운 아이들아, 너희들은 그렇게 순진무구한 유년 시절을 보내면서 선행을 베푸는 법을 익혀왔던 거란다! 너희 어머니들이 이곳에서 너희를 품에 안고, 너희가 노년의 위안이 되어줄 것이라며, 또 너희가 앞날 창창한 인생에 첫발을 내딛는 것을 보며 몇 번이고 하늘에 감사했는지! 내가 너희 어머니들과 이 바위 그늘 아래서, 너희가 짐승 목숨일랑 하나도 희생시키지 않고 밭에서 난 것들로만 차려준 식사를 몇 번이나 함께했는지! 호리병박에 가득 담긴 염소젖이며, 신선한 달걀이며, 바나나 잎에 올린 떡이며, 바구니에 잔뜩 담긴 고구마, 망고, 오렌지, 석류, 바나나, 아노나, 파인애플 같은 것들이 다 그대로 가장 건강한 음식이자 동시에 가장 선명한 빛깔, 가장 달콤한 즙을 선사해주었는데.

그런 진수성찬만큼이나 대화 역시 도탑고 때 묻지 않은 그대로였네. 폴은 그날 한 일과 다음 날 할 일에 대해 자주 이야기하곤 했어. 늘 이 가족공동체에 유용할 만한 것이 뭐가 있을까 고민했던 게지. 이쪽에 가면 오솔길 다니기가 불편했고, 저쪽에 가면 앉기가 영 나빴어. 이쪽 통로의 어린나무들은 충분한 그늘을 마련해주지 못했으니, 비르지니에게는 저쪽이 더 좋을 것만 같았다네.

우기가 되면 두 가족은 주인이고 하인이고 할 것 없이 오두막에 다 같이 모여 앉아, 골풀을 엮어 돗자리를 짜거나 대나무 바구니를 만들면서 바쁜 하루를 보냈네. 담 안쪽 벽으로는 갈퀴며, 도끼며, 삽이며 하는 것들이 더할 나위 없이 깔끔하게 정돈되어 있는 모습이 보였고, 이들 농기구 옆에는 그걸로 농사를 지어 거둔 쌀자루, 밀단, 바나나 송이 등의 농산물이 보였지. 오두막 안에서의 풍요에는 늘 섬세한 솜씨가 뒤따랐네. 비르지니는 자기 어머니와 마르그리트에게 배운 대로 사탕수수, 레몬, 시트론으로 즙을 짜서 소르베와 강심제를 만들어두곤 했어.

밤이 오면, 두 가족은 등잔불을 밝히고 저녁 식사를 했네. 그리고 식사 후에는 라 투르 부인이나 마르그리트가 이야기를 들려주곤 했는데, 도적들이 우글대는 유럽의 숲에서 밤길을 잃고 헤매는 여행객 이야기나, 폭풍우에 휘말려 어느 무인도 바위까지 떠밀려 내려온 난파선 이야기였지. 이런 이야기를 들으면서 감수성이 예민한 두 아이의 영혼은 열의로 불타올랐어. 폴과 비르지니는 부디 언젠가 그런 불행에 빠진 사람들을 정성으로 맞아 보살피게 해달라며 하늘에 기도를 올렸지. 두 가족은 헤어져 쉬러 가는 와중에도 다음 날 다시 만나고 싶어 안달이었네. 가끔 두 가족은 오두막 지붕에 억수같이 쏟아지는 빗소리나, 저 멀리 해안가에서 부서지는 파도의 웅성임이 바람에 실려 오는 소리를 들으며 잠을 청할 때도 있었어. 그들은 일신상의 안전을 기원하며 신의 가호를 빌었는데, 그러면 위험이 아무래도 멀리 있다는 느낌이 들면서 더 안전하다는 느낌을 받았다네.

때때로 라 투르 부인은 가족들 앞에서 구약성경이나 신약성경에 나오는 감동적인 이야기를 낭독해주곤 했네. 이 신성한 책들을 두고 그들이 이치를 따져 묻는 일은 드물었지. 왜냐하면 그들의 신학은 자연신학과 마찬가지로 전적으로 감정에서 우러나온 것이었고, 그들의 윤리는 복음서의 윤리와 마찬가지로 전적으로 행동에 바탕을 두고 있었기 때문일세. 기쁨에 마련된 날들이 따로 있는 것도, 슬픔 몫으로 남은 다른 날들이 있는 것도 아니었다네. 두 가족에게는 매일매일이 축제의 날이었고, 그들을 둘러싼 모든 것이 곧 성스러운 신전과 다름없었으니, 그들은 거기서 무한하고 전능하시며 인간을 벗 삼아 다정하신 존재를 부단히 찬미했지. 지고의 권능이 안겨주는 이러한 신뢰감은 과거에 대한 위로와, 현재에 대한 용기와, 미래에 대한 희망으로 그들을 가득 채워주었네. 이리하여 불행의 힘에 못 이겨 자연으로 돌아올 수밖에 없었던 이 여인들은, 불행에 빠지지 말라고 자연이 우리에게 준 그러한 감정들을 자신들 안에서, 또 아이들 안에서 키워나갔던 게야.

하지만 때론 가장 곧게 다듬어진 영혼에도 그 영혼을 흐트러트리는 구름이 피어오르듯, 두 집안사람 중 한 명이라도 슬퍼 보일 때면 다른 모든 사람들이 그 사람 주위에 모여, 의견보다는 감정을 드러내는 방식으로 그 사람을 애통한 생각과 떨어트려놓았다네. 여기서 각자가 자기 특유의 성격을 발휘했는데, 가령 마르그리트는 생기발랄한 유쾌함으로, 라 투르 부인은 온화한 신앙심으로, 비르지니는 부드러운 애정으로, 폴은 솔직함과 다정함으로 다가갔지. 마리와 도맹그 역시 저들 나름의 도움을 주러 왔고말고. 한 사람이 상심한 것을 보면 모두가 상심했고, 한 사람이 우는 것을 보면 모두 눈물을 흘렀다네. 이처럼 연약한 식물들은 서로서로를 얽어매고 폭풍우를 함께 이겨내는 법일세.

날씨가 좋은 계절이면, 두 집안사람들은 일요일마다 보다시피 저 아래 평원에 종탑이 솟아 있는 왕귤나무 성당에 가서 미사를 드렸다네. 성당에는 가마를 타고 올 정도로 부유한 주민들도 있었는데, 그들은 그토록 화목한 이 두 가족과 친분을 맺으려고 하거나, 모임에 나와서 놀다 가라고 초대하며 번번이 졸라대곤 했지. 하지만 두 가족은 늘 예의와 존중을 다해 그들의 제안을 거절했으니, 이는 강자는 오로지 비위 맞춰주는 자들을 얻고자 약자를 찾고, 그렇게 비위를 맞춰주려면 좋든 싫든 타인의 정욕에 따라 아첨할 수밖에 없다는 확신이 있었던 까닭일세. 반면 두 가족은 평소 시기가 많고 남을 잘 헐뜯으며 무례하기까지 한 서민들과의 교제에는 조심성도 덜했고, 딱히 피하지도 않았다네. 그런 그들은 처음에 어떤 사람들 옆에서는 수줍음 많은 사람들로, 또 어떤 사람들 옆에서는 자존심 강한 사람들로 여겨졌지만, 그들의 사려 깊은 행실에는 특히 비참한 자들을 향한 너무도 살가운 경애의 표식이 수반되었기에, 어느새 서서히 부자들의 존경과 가난한 자들의 신뢰를 얻게 되었어.

미사가 끝나면 사람들은 곧잘 그들에게 다가와 이래저래 도움을 요청하곤 했네. 어떤 사람은 상심에 빠져 조언을 구했고, 이웃 마을에 사는 한 어린아이는 아픈 어머니가 계신 집에 들러달라고 간곡히 부탁했지. 두 가족은 주민들이 흔히 앓는 병에 효험이 좋은 몇 가지 민간요법을 늘 머릿속에 간직하고 다녔고, 거기에 정성스레 축복까지 담아주었으니, 그로써 그 작은 호의는 더욱 값진 것이 되었네. 무엇보다도 그들은 아픈 사람들이 고독한 가운데 병약한 몸으로는 도저히 견디기 힘든 마음의 고통을 잘 다스려주었어. 라 투르 부인은 신을 향한 지극히 신실한 믿음을 담아 말했기에, 아픈 사람은 그녀의 말을 들으면서 신이 존재한다는 확신을 가졌지. 그런 곳에서 돌아올 때면 비르지니는 촉촉한 눈에 눈물을 가득 머금고 오는 일이 허다했지만, 착한 일을 할 수 있는 기회가 주어졌다는 사실에 마음은 기쁨으로 가득 차올랐네. 아픈 사람들에게 필요한 치료약을 미리 장만해두고, 또 그걸 건네면서 이루 말로 다 할 수 없는 축복을 빌어준 것도 비르지니였지. 이렇게 인심 넘치는 방문을 마친 뒤, 때때로 두 가족은 걸음을 길게 옮겨 긴 산 골짜기를 지나 우리 집까지 들르곤 했는데, 그러면 나는 집 근처를 흐르는 샛강변에서 함께 저녁을 먹겠거니, 하고 그들을 기다리곤 했다네. 내 그럴 때를 대비해 오래 묵은 와인 몇 병을 마련해두기도 했지. 그 달콤하게 원기를 북돋는 유럽산 술을 인도 음식에 곁들여 식사 자리의 흥을 돋우리라 생각하며 말이야. 다른 때는 강어귀에 있는 바닷가에서 만나기도 했는데, 그 강어귀는 이 섬에서는 기껏해야 큰 개울에 불과한 다른 작은 강 여기저기서 물줄기가 모여드는 곳이었다네. 우리는 뜰에서 챙겨 온 야채에다가 바다가 내주는 풍성한 먹거리를 더했지. 해안가에서 우리는 회색 숭어며, 문어며, 노랑촉수, 바닷가재, 징거미새우, 게, 성게, 굴 따위에다가, 온갖 종류의 조개까지도 다 잡았다네. 세상없이 살풍경한 곳이 우리에게는 더없이 조용한 즐거움을 선사해주는 일도 종종 있었지. 때때로 우리는 바위 위 은모수(銀毛樹) 그늘 아래 앉아, 난바다에서 밀려드는 파도가 무시무시한 굉음을 내며 우리 발밑에서 부서지는 것을 바라보곤 했네. 그렇잖아도 물고기처럼 헤엄을 잘 치던 폴은 몇 번씩 암초가 있는 곳까지 너울 이는 바다를 맞이하며 나아갔다가, 파도가 다가오면 거품을 가득 머금고 포효하는 거대한 소용돌이를 뒤로한 채 해변까지 내달았고, 파도는 모래사장 안쪽 깊숙이까지 폴을 쫓아오곤 했지. 그렇지만 비르지니는 이런 광경을 볼 때마다 날카로운 비명을 지르며, 자기는 그런 장난이 너무 겁난다고 말했어.

우리가 식사를 마치고 나면 이 두 어린 친구들의 노래와 춤이 이어졌네. 비르지니는 전원생활의 행복과 뱃사람들의 불행을 노래했는데, 뱃사람들이란 평온함 속에서도 그토록 많은 재화를 내어주는 땅을 경작하기보다는, 탐욕에 못 이겨 격렬한 삶의 터전을 항해하는 사람들이었지. 가끔 비르지니는 폴과 함께, 흑인들이 하는 것처럼 팬터마임을 공연하기도 했어. 팬터마임은 인류 최초의 언어로, 전 세계 모든 나라에서 발견된다네. 흑인 아이들이 연습하는 것을 보고 백인 아이들이 곧바로 배울 정도로 아주 자연스럽고 표현력 또한 매우 풍부하지. 비르지니는 어머니가 읽어주던 책에서 자기를 가장 감동시켰던 이야기들을 떠올리며, 그 안에 나오는 주요 장면들을 세상 천진난만하게 표현했어. 어떤 때는 도맹그가 탐탐을 두드리는 소리에 맞춰 비르지니가 머리에 항아리를 이고 잔디밭에 나타났다네. 그 아이는 근처의 샘물이 솟아나는 곳에서 물을 길어 오려고 조심조심 걸어갔지. 도맹그와 마리는 미디안의 목동들을 연기하며, 비르지니가 샘물에 접근하려는 것을 막고 그 아이를 밀쳐내려는 시늉을 했어. 폴은 그걸 도와주러 달려와서는 목동들을 두들겨 패고, 비르지니의 항아리에 물을 가득 채워준 뒤 머리에 다시 올려주면서, 그 아이에게 붉은 빈카꽃으로 만든 화환도 같이 씌워주었네. 덕분에 비르지니의 하얀 낯빛이 더욱 돋보였지. 그럴 때면 나도 이 연극에 끼어들어서, 르우엘 역을 맡아 폴에게 나의 딸 치포라와의 결혼을 승낙해주었다네.•

• 〈탈출기〉 2장 15~22절의 내용으로, 모세가 파라오를 피해 미디안 땅으로 달아나 우물가에 앉아 있을 때, 미디안 제사장 르우엘의 일곱 딸들이 물을 길으러 오자 몇몇 목동들이 제사장의 딸들을 쫓아내려 했고, 모세가 이 과정에서 제사장의 딸들을 지켜주어 이후 르우엘이 모세를 자기 딸 치포라와 결혼시킨 일화를 담고 있다(생피에르는 '르우엘'과 '치포라'를 각각 'Raguel', 'Séphora'로 쓰고 있으나, 2005년 한국천주교회에서 새롭게 번역한 성경을 기준으로 고쳐 썼음을 밝힌다).

또 어떤 때는 비르지니가 박복한 여인 룻을 연기하기도 했지. 가난한 과부가 되어 고향으로 돌아가지만, 오랫동안 떠나 있던 곳에서 자신은 이방인임을 실감하게 되는 여인일세. 도맹그와 마리는 수확하는 사람들을 흉내 냈네. 비르지니는 두 사람의 발걸음을 따라 이리저리 돌아다니며 밀 이삭을 줍는 시늉을 했지. 폴은 근엄한 족장 흉내를 내면서 비르지니에게 질문했고, 그러면 비르지니는 떨면서 폴이 묻는 말에 답했네. 곧 마음속 깊숙이 연민을 느낀 폴은 죄 없는 여인을 따뜻이 맞이하라 이르고, 이 박복한 여인에게 잠자리를 마련해주었지. 또한 비르지니의 앞치마를 온갖 먹을 것으로 가득 채워주더니, 마치 마을 원로들 앞인 것처럼 그 아이를 우리 앞으로 데려와, 비록 빈한한 처지에 있는 여인이지만 혼인을 올리겠다 선언했네.• 이 장면을 보자 라 투르 부인에게는 친척들에 버림받은 자신의 처지와, 과부로 살아온 세월, 그리고 마르그리트가 온 마음을 다해 자신을 맞아주었던 일 등이 불현

• 〈룻기〉에 해당하는 내용으로, 노인은 유다 베들레헴을 룻의 고향으로 착각하고 있다. 유다 베들레헴에 살다가 모압 지방으로 이주한 나오미는 남편이 죽고 결혼한 두 아들까지 죽자 모압 사람이었던 며느리들을 각자의 집으로 돌려보내고 자신은 고향으로 돌아가고자 했다. 두 며느리 중 오르파는 본가로 돌아가고, 룻은 끝까지 나오미를 좇아 낯선 땅에 정착한다. 룻은 이삭을 줍다가 밭의 주인인 보아즈를 만나고, 보아즈는 룻의 효심에 감격해 호의를 베푼다. 나오미는 룻에게 새로운 보금자리를 마련해주기 위해 룻을 보아즈에게 보내고, 보아즈는 마을 원로들 앞에서 룻과 혼인하겠다고 선언한다.

듯 떠올랐고, 지금은 두 아이의 행복한 결혼을 꿈꿀 수 있다는 희망이 뒤따르면서, 눈물이 나는 것을 그녀는 참을 수 없었어. 그렇게 나쁜 일과 좋은 일이 어지러이 뒤섞인 상념에 또한 우리 모두가 아픔과 기쁨의 눈물을 흘렸다네.

이런 드라마는 실로 생생하게 펼쳐졌기에, 우리를 마치 시리아나 팔레스타인의 벌판으로 데려다놓는 것만 같았지. 이 공연에 걸맞게 필요한 장식이며, 조명, 악단까지 우리로서는 무엇 하나 부족함이 없었네. 무대로 쓰이던 곳은 보통 숲에 있는 갈림길이었는데, 그곳으로 통하는 오솔길은 우리를 둘러싸고 잎이 우거진 아치형 통로를 여럿 만들어주고 있었어. 그러니 우리는 그런 통로 중앙에 가서 온종일 열기를 피해 있곤 했지. 그러다가 태양이 지평선까지 내려앉을 때면, 나무줄기 사이로 부서지는 햇살이 숲의 그림자 속에서 긴 빛다발로 갈라지며 더없이 장엄한 인상을 자아냈다네. 때때로 저 태양의 오롯이 둥근 형상이 길 끄트머리에 나타나 길 전체를 영롱한 빛으로 물들이기도 했지. 사프란색 햇살 아래 반짝이는 나뭇잎은 토파즈나 에메랄드가 광채를 내뿜듯 휘황하게 빛났으며, 이끼로 뒤덮인 갈색 나무줄기는 마치 고대의 청동 기둥으로 변하는 것만 같았어. 그러면 일찌감치 어두운 나무 그늘 아래서 밤을 보내고자 조용히 물러나 있던 새들은, 다시금 밝아오는 서광을 보고 새삼 놀라 수천수만 가지 노래를 지저귀며 다 같이 태양에 인사를 건넸다네.

이렇듯 전원에 묻혀 여흥을 즐기고 있노라면, 우리도 모르는 사이 밤이 엄습해오는 일이 허다했네. 하지만 깨끗한 공기와 온화한 기후 덕분에 우리는 숲 한가운데 있는 움막 아래서도 잠을 청할 수 있었지. 도둑 따윈 전혀 두려워하지 않고서도 말이야. 다음 날이 되어 각자 자기 오두막으로 돌아가보면, 집은 두고 온 그대로 있었네. 그때까지만 해도 상업이랄 것이 거의 발전하지 않은 이 섬에는 성실하고 순박한 사람들이 넘쳤으니, 많은 집들은 열쇠로 문을 잠그는 법이 없었고, 대부분의 크레올 사람들에게 자물쇠라는 것은 그저 호기심의 대상이었다네.

하지만 1년 중 폴과 비르지니를 보다 큰 환희에 들뜨게 해주는 날은 따로 있었네. 바로 두 어머니의 생일잔치가 있는 날이었지. 비르지니는 생일 전날이면 잊지 않고 밀가루로 반죽을 만들어 케이크를 구워두었고, 이 케이크를 몇몇 가난한 백인 가족에게 보내주기도 했어. 이 섬에서 태어난 그들은 유럽식 빵을 먹어본 적도 없고, 흑인 노예들로부터 어떤 도움도 받지 못한 채, 숲 한복판에서 마니옥이나 캐 먹으며 살아갈 처지로 전락한 이들이었으니, 그런 가난을 이겨내기엔 노예 생활에 수반되는 우둔함도, 교육에서 생겨나는 용기도 가지고 있지 못했지. 그 케이크는 비르지니가 집안 살림에 여유를 가지고 해줄 수 있는 유일한 선물이었지만, 그 아이는 거기다가 정성스레 축복을 담아 더없이 귀한 선물로 만들어주었어. 당장에 폴이 나서서 먼저 이 가족들에게 케이크를 가져다주기로 했고, 그 사람들은 케이크를 받고 난 다음 날, 라 투르 부인네 집이나 마르그리트네 집에 와서 하루를 보내기로 약속했다네. 그러면 어떤 엄마는 딸 두셋을 데리고 오는 것이 보였는데, 비참한 몰골에다가 너무 주눅이 들어 고개도 제대로 들지 못하는 아이들이었지. 비르지니는 곧 그들을 편안하게 해주었네. 다과와 음료를 대접하면서도 그와 관련된 하나하나의 사연을 통해 거기 담긴 선의를 부각시켜, 그 아이의 말마따나 더 큰 매력을 느끼게 해주었지. 가령 이 음료는 마르그리트가 준비했다느니, 저 음료는 자기 어머니가 준비한 것이라느니, 자기 오빠는 나무 꼭대기에 올라 그 과일을 직접 따왔다느니 하는 것이었네. 비르지니는 폴에게 부탁해서 그들과 춤을 춰달라고도 했지. 그 아이는 그렇게 그들이 행복해하고 흡족해하는 모습을 보기 전까지 곁을 떠나지 않았네. 자기 가족의 기쁨으로 말미암아 그들도 즐거워지기를 바랐던 게야. 비르지니는 "다른 사람들의 행복을 돌보지 않고서는 자신의 행복을 가꾸지 못하는 법이죠"라고 말하곤 했네. 놀러 온 사람들이 돌아갈 때면, 마음에 드는 것이 보이거든 가져가라고 권했고, 그러면서 자기가 주는 선물을 냉큼 받을 수밖에 없는 빈곤한 처지를 새롭다느니 독특하다느니 하는 구실을 내세워 덮어버렸네. 그들의 옷이 너무 심하게 해져 있는 것이 눈에 띄면, 비르지니는 어머니의 허락을 받아 자기가 가진 옷

중에 몇 개를 골라놓고, 폴에게 그들이 사는 오두막에 가서 몰래 문 앞에 두고 오라는 임무를 맡겼어. 이렇듯 비르지니는 하느님의 가르침에 따라 선을 행했으니, 행하는 자를 감추어 그 선행을 보게 함이었네.

당신네 유럽인들은 유년 시절부터 행복에 반하는 숱한 편견으로 그 정신을 가득 채워왔으니, 자연이 이처럼 밝은 빛과 이처럼 커다란 기쁨을 줄 수 있다고는 상상도 하지 못할 걸세. 자네의 영혼은 인간의 앎이라는 하나의 작은 영역에 국한되고, 머지않아 그 영역에 갇힌 인위적 쾌락의 끝에 도달하게 마련이지. 그러나 자연과 마음이란 고갈되지 않는 한없는 것이야. 폴과 비르지니에게는 시계도 책력도 없었고, 연대학 책이니 역사서니 철학서니 하는 것도 없었네. 두 아이의 삶의 주기는 자연의 절기를 그대로 따랐지. 나무 그림자로 하루의 시간을 알았고, 꽃이나 열매가 주어지는 시기로 계절을 알았으며, 작물을 거둬들인 횟수로 연도를 알았네. 이처럼 나긋한 인상들은 두 아이의 대화 속에서 그 묘미가 가장 크게 살아났어. 비르지니는 가족들에게 "식사하실 시간이에요, 바나나 나무 그림자가 나무 발치에 와 있거든요"라고 말하거나, "밤이 가까워오고 있어요, 타마린드가 잎을 닫고 있거든요"라고 말했고, 이웃에 사는 친구들이 "우리 집에는 언제쯤 놀러 올 거야?"라고 물으면, "사탕수수를 거둘 때쯤"이라 대답했고, 그러면 그 어린 소녀들은 "그럼 언니가 올 때 훨씬 더 달콤하고 훨씬 더 재밌겠다"라며 말을 이었지. 비르지니에게 나이가 몇 살인지, 또 폴은 몇 살인지 물으면, 그 아이는 "우리 오빠는 샘가에 있는 커다란 코코넛나무 살이고, 나는 작은 코코넛나무 살이에요. 제가 태어난 뒤로 망고나무에는 열매가 열두 번 맺혔고, 오렌지나무는 꽃을 스물네 번 피웠답니다"라고 말했네. 두 아이의 생명은 목신이나 드리아데스•처럼 나무의 생명과 하나로 묶여 있는 듯했지. 폴과 비르지니는 어머니들의 생애 외에 다른 역사의 시대를 알지 못했고, 과수원의 연대가 아닌 다른 연대를 알지 못했으며, 철학이라면 누구에게나 선을 행하고 하느님의 뜻에 순종하는 것 외에 다른 것은 알지 못했다네.

이런 마당에 이 어린것들이 우리 방식대로 부자가 되고 똑똑해질 필요가 있었겠나? 두 사람의 욕구와 무지는 이들로 하여금 더 큰 지복을 누리게 해주었다네. 폴과 비르지니는 단 하루도 빠짐없이 서로에게 도움을 주거나 각자의 깨달음을 나누었지. 그래, 깨달음일세. 설사 그 깨달음에 약간의 잘못된 생각이 섞인다 하더라도, 순수한 인간이 두려워할 만큼 위험한 것은 전혀 없다는 게야. 자연이 키운 두 아이는 이렇게 자랐다네. 어떤 걱정에도 이마를 찡그리는 법이 없었고, 어떤

• 그리스 신화에 등장하는 나무의 요정.

무절제도 두 사람의 피를 더럽히지 못했으며, 어떤 불행한 정염도 두 사람의 마음을 타락시키지 못했어. 사랑과, 천진함과, 신앙심은 매일같이 두 사람의 외모며 태도며 움직임 안에서 두 영혼의 아름다움을 매만져 더없이 우아하게 가꿔나갔다네. 인생의 아침을 맞이한 두 사람의 삶은 싱그러움으로 가득했어. 마치 에덴동산에 나타난 우리 인류 최초의 조상과 같았네. 하느님 손에 빚어져 세상으로 나와, 서로를 바라보고, 서로에게 다가가, 처음에는 오누이로서 대화를 나누던 그때처럼 말이야. 비르지니가 온화하고 겸손하며 이브처럼 자신감이 넘쳤다면, 폴은 아담을 닮아 남자다운 체격에 아이 같은 순박함을 함께 지니고 있었네.

어쩌다 비르지니와 단둘이 있을 때면(폴은 나한테 이 얘기를 수천 번도 넘게 해줬다네), 일을 마치고 돌아오는 길에 폴이 이런 말을 했다더군.

"피곤할 때마다 널 보면 피로가 풀려. 산꼭대기에서 저기 골짜기 깊은 곳에 있는 네가 언뜻 보일 때면, 우리 과수원 한가운데 있는 장미꽃 봉오리 같아. 네가 우리 어머니들 집으로 걸어가기만 하면, 자기 새끼를 찾아 달음질하는 자고새의 앞가슴은 그 아름다움이 시들해지고, 가볍던 걸음걸이도 전만 못하지. 나무에 가려 너를 시야에서 놓치더라도, 널 다시 찾으려고 애써 살펴보지 않아도 돼. 네가 지나간 공기 속에, 네가 앉아 있던 풀 위에, 도무지 말로 다 할 수 없는 너의 무언가가 내게 남아 있어. 내가 너에게 다가가면, 너는 내 모든 감각을 황홀케 해. 하늘의 쪽빛도 너의 파란 눈만큼 아름답지 못하고, 십자매의 노래도 네 목소리의 음색만큼은 감미롭지 못해. 겨우 손가락 끝으로 널 스치기만 해도 온몸이 기쁨으로 떨려. 자갈을 헤뜨려가며 삼유방산 강을 건넜던 날 기억나? 강가에 도착했을 때 나는 이미 너무 피곤했지만, 널 등에 업었을 땐 한 마리 새처럼 날개를 단 것 같았어. 어떤 묘책으로 나한테 이런 마법을 부릴 수 있었는지 말해줘. 너의 지혜 때문일까? 하지만 우리 둘보단 어머니들이 더 뛰어나신걸. 너의 애정 표현 때문일까? 하지만 입맞춤이라면 너보다 어머니들이 더 자주 해주시는걸. 나는 네가 착하기 때문이라고 생각해. 도망쳐 나온 불쌍한 노예의 용서를 구해주겠다고 흑강까지 맨발로 걸어가던 모습을 나는 결코 잊지 못할 거야. 자 여기, 가져가 사랑하는 동생아, 내가 숲에서 꺾어 온 꽃 핀 레몬나무 가지야. 밤에 침대 가까이 두면 좋아. 이 벌집도 먹어봐. 너 주려고 바위 꼭대기에서 따 왔어. 그런데 그보다 먼저 내 가슴에 누워 쉬도록 해, 그럼 내 피로가 풀릴 거야."

비르지니가 폴에게 답했네.

"아아, 오빠! 저 바위 꼭대기에 비추는 아침 햇살보다도 오빠가 있어서 나는 더 기뻐. 난 엄마를 정말 사랑하고, 오빠의 엄마도 무척 사랑해. 하지만 두 어머니께서 오빠를 '우리 아들'이라고 부르실 때 나는 그분들을 더욱 사랑하게 돼. 엄마들이 오빠한테 애정을 표현하면 나는 내가 받는 것보다 더 섬세하게 그걸 느낄 수 있어. 오빠는 오빠가 왜 나를 사랑하는지 묻고 있지만, 함께 자라면 다들 서로 사랑하는 거야. 우리 새들을 봐봐. 한 둥지에 자라면서 그 아이들은 우리처럼 서로를 사랑하고, 또 우리처럼 늘 같이 있어. 나무에서 나무로 서로를 부르고 화답하는 소리를 들어봐. 오빠가 산꼭대기에서 피리를 불면 그 가락이 메아리가 되어 들려오고, 그럼 내가 이 골짜기 깊숙한 곳에서 거기에 가사를 붙여 다시 부르는 거랑 똑같아. 오빠는 나한테 소중한 존재야. 날 위해 그 노예 주인과 싸워주려고 했던 날부터 특히 더 그래. 그때부터 몇 번이고 이렇게 혼잣말을 했어. '아! 우리 오빠는 착한 마음씨를 가졌구나. 오빠가 없었으면 나는 무서워서 죽었겠구나.' 나는 매일 우리 엄마를 위해, 오빠의 어머니를 위해, 오빠를 위해, 또 우리 가여운 종복들을 위해 하느님께 기도해. 그런데 오빠 이름만 입에 올리면 내 치성이 더 커지는 것 같아. 오빠한테 나쁜 일일랑 생기지 않게 해달라고 내가 주님께 얼마나 간곡히 부탁드리는데! 그런데 왜 그렇게 멀리까지 다녀오고, 왜 그렇게 높이까지 올라가서 과일이며 꽃이며 하는 것들을 따다주는 거야? 그런 건 우리 정원에도 넘칠 만큼 있지 않아? 지금도 봐봐, 얼마나 지쳤는지! 완전히 땀에 다 젖었잖아."

그러고는 작고 하얀 손수건으로 그의 이마와 뺨에 흐르던 땀을 닦아주었고, 수차례 입을 맞춰주었지.

그런데 그러기 얼마 전부터 비르지니는 원인 모를 병에 걸려 심란해하고 있었다네. 아름다운 파란 눈에는 얼룩처럼 어두운 그늘이 드리웠고, 안색이 누렇게 뜨는가 싶더니 곧 무기력이 습관이 되어 몸을 짓누르곤 했어. 평온하던 얼굴은 온데간데없이 사라지고, 입가에서도 미소가 사라졌네. 기쁜 일도 없는데 갑자기 생기발랄한 것처럼 보인다거나, 슬퍼할 일도 없는데 갑자기 침울해 보이기도 했어. 천진난만하게 즐기던 장난도, 가볍게 해내던 일도 그만두고, 사랑하는 가족과의 만남도 피했다네. 비르지니는 거주지 내에서도 가장 구석진 곳을 찾아 이리저리 헤매며 어디든 쉴 수 있는 곳을 찾았지만, 어디에서도 휴식을 찾지 못했어. 그러다 가끔씩 폴이 보이면 좋다고 까불거리면서 그쪽으로 다가가다가, 갑자기 거의 다 와서는 난데없는 당혹감에 사로잡히곤 했네. 창백하던 두 뺨이 선홍색으로 물들고, 폴의 시선과 마주칠 엄두조차 내지 못했지. 폴이 비르지니에게 이렇게 말했네.

"녹음이 저 바위산을 뒤덮고 우리 새들은 널 보면 노래하는데, 그렇게 너를 둘러싼 모든 것이 명랑한데, 오직 너만 슬퍼하고 있어."

그런 뒤 폴은 입맞춤을 해서라도 비르지니의 생기를 되찾아주려 했지만, 비르지니는 고개를 돌리더니 몸을 바들바들 떨면서 자기 엄마를 찾아 달아났다네. 불행한 소녀는 오빠의 애정 표시에도 괴로움을 느꼈던 게지. 폴은 평소와는 다른 그토록 이상한 변덕을 전혀 이해하지 못했어. 불행이란 결코 혼자서는 오지 않는 법이지.

이따금 열대지방에 있는 땅을 황폐하게 하는 그런 여름이 찾아와 이 섬에까지 심각한 타격을 입혔다네. 12월 말쯤이었나, 염소자리에 들어선 태양이 수직으로 내리꽂듯 불볕을 퍼부어 이곳 프랑스 섬을 삼 주 내내 뜨겁게 달구던 때였지. 1년 내 불어오던 남동풍도 더는 바람 한 점 내주지 않았어. 길바닥에는 먼지를 몰아들이는 소용돌이가 길게 일어 그대로 공중을 떠다녔네. 땅이 사방으로 갈라지고, 풀은 불에 타들어갔어. 산허리에서는 뜨거운 김이 뿜어져 나왔고, 개울물은 대부분 말라버렸네. 바다 쪽에서도 구름 한 점 밀려오지 않았지. 그나마 낮 동안에만 평지 위로 붉은 증기가 피어올랐는데, 해 질 녘이 되면 그 증기가 화염 속을 넘실거리는 불길처럼 보였네. 밤조차도 불타오르는 대기를 어찌 식히지 못했지. 둥근 달도 온통 빨갛게 물든 채, 안개 자욱한 수평선 위로 턱없이 부풀어 올랐어. 여기저기 동산 비탈마다 쓰러져 있는 양 떼들은 하늘로 목을 길게 뻗고 숨을 들이마시며, 계곡으로 울려 퍼지라고 구슬프게 울어댔네. 양 떼를 몰던 카피르족 사람들도 땅바닥에 드러누워 찬 기운을 찾아보려 했지만, 땅은 어딜 가나 불타고 있었고, 숨 막히는 공기에는 인간 피든 동물 피든 그걸로라도 갈증을 해소하려는 곤충들이 붕붕거리는 소리만 한가득 울렸어.

이렇게 뜨겁게 불타오르던 그즈음의 어느 날 밤, 비르지니는 병세가 악화되어 모든 증상이 더 심해지는 것을 느꼈다네. 자리에서 일어났다가, 앉았다가, 다시 잠자리에 들어보기도 했지만, 어떤 자세를 해도 잠이 쉽게 오지 않았고 잘 쉬지도 못했어. 비르지니는 달빛을 따라 자기 이름을 붙여놓은 샘터로 걸어가네. 거기서 가뭄에도 불구하고 거무스름한 바위 옆구리를 타고 은빛 물줄기로 흐르던 샘물을 본 게야. 연못으로 비르지니의 몸이 잠겨 드네. 처음에는 차가운 물이 감각을 되살려주고, 수천 가지 즐거운 기억이 머릿속에 떠오르지. 어렸을 때 자기 엄마와 마르그리트가 바로 이곳에서 폴과 자기를 함께 목욕시키며 즐거워했던 것이 기억나고, 그러다가 언젠가 폴이 이 연못 탕은 자기만 쓰게 해주더니, 바위에 구멍을 뚫어 침대를 만들어주고, 바닥에는 모래를 깔아주고, 못가에는 좋은 향기가 나는 풀을 심어주었던 기억도 떠오르는 걸세. 물속에서는 어렴풋이, 살이 드러난 두 팔과 가슴 위로 두 그루의 야자나무가 비쳐 보이는데, 오빠와 자기가 태어날 때 심어졌다는 두 나무는 그 아이의 머리 위로 초록색 가지와 어린 코코넛 열매를 서로 얽어매고 있었지. 비르지니는 폴의 우애를 생각하네. 향료보다도 더 달콤하고, 샘물보다도 더 맑고, 하나로 얽힌 야자나무보다도 더 끈끈한 우애에 그 아이는 한숨을 내쉬지. 밤에 대한, 고독에 대한 상념에 잠기고, 모든 것을 집어삼키는 정염의 불길이 비르지니를 사로잡네. 그러자 갑자기 밖으로 뛰쳐나온 게야. 저 위험한 응달과, 무더운 열대의 햇볕보다도 훨씬 더 뜨겁게 끓어오르는 저 물이 무서워져서 말이야. 비르지니는 자길 지탱해줄 사람을 찾아 엄마 곁으로 달려가네. 자기가 겪은 고통을 털어놓고 싶은 마음에, 몇 번이고 엄마의 두 손을 꼭 쥐었지. 그러다 몇 번은 폴의 이름을 부르기 직전까지 갔으나, 그만 가슴이 먹먹해서 아무 말도 꺼내지 못한 채 말문이 막혀, 엄마 품에 머리를 얹은 채 하는 수 없이 그저 눈물만 펑펑 흘렸다네.

라 투르 부인은 딸이 앓는 병의 원인을 간파했지만, 그걸 함부로 딸에게 말하려 들지 않았네. 그저 이렇게 말했지.

"딸아, 하느님께 의지하렴. 건강도 생명도 다 그분 뜻에 달려 있단다. 오늘 너를 시험하시는 것은 내일 보답하시기 위함인 게야. 우리는 오로지 덕을 실천하기 위해 이 땅에 있음을 기억하려무나."

그러는 사이 극도로 치솟은 열기에 외해에서 증기가 피어올라 마치 거대한 파라솔처럼 섬을 뒤덮었네. 산 정상을 둘러싸고 수증기가 모여들었고, 안개 낀 봉우리에서는 이따금 긴 불줄기가 뿜어져 나왔지. 곧 무시무시한 천둥소리가 숲과 평원과 계곡을 타고 굉음으로 울려 퍼지더니, 하늘이 폭포수와 다를 바 없는 지독한 비를 퍼부었네. 여기 보이는 산 옆구리를 따라 거품 가득한 격류가 쏟아졌어. 분지 바닥은 바다가 되고, 오두막이 있던 동산은 작은 섬이 되었지. 게다가 이 계곡 입구가 수문 역할을 하는 바람에, 흙이며, 나무며, 바윗돌 따위가 엉망진창으로 엉긴 채 울부짖는 물살에 휩쓸려 나왔네.

온 집안사람들이 라 투르 부인네 오두막에 모여 덜덜 떨면서 하느님께 기도했네. 그나마도 바람의 힘을 이기지 못해 지붕에서는 삐걱삐걱 무시무시한 소리가 나고 있었지. 문도 겉창도 잘 닫혀 있었지만 여기저기 골조 이음매 사이로 집 안의 모든 사물이 분간될 정도로 맹렬한 번개가 연신 내리쳤다네. 용맹한 폴은 도맹그를 데리고 나가더니, 미친 듯이 몰아치는 폭풍우에도 불구하고 두 오두막을 번갈아 다니면서 한쪽 집에서는 버팀목으로 벽을 고정시키고, 또 다른 쪽 집에다가는 말뚝을 박았어. 그러다가도 집으로 돌아와서는 그저 가족을 달래며, 조만간 날이 개고 화창한 날씨가 돌아오리라는 희망을 안겨주었지. 아닌 게 아니라 그날 저녁이 되자 비가 그치더니 다시 여느 때처럼 남동쪽에서 무역풍이 불어왔네. 비바람을 몰아치던 먹구름은 북서쪽으로 밀려나고, 저물어가는 해가 지평선 위로 모습을 드러냈어.

비르지니는 가장 먼저 자신의 쉼터가 있는 곳을 다시 보고 싶어 했어. 폴은 수줍은 기색으로 그 아이에게 다가가 걸음을 도우려는 자세로 팔을 내밀었지. 비르지니는 미소 지으며 폴을 받아들였고, 둘은 함께 오두막을 나왔네. 상쾌한 공기에는 낭랑한 울림이 있었어. 산등성이로는 하얀 연기가 피어올랐고, 온 사방 천지 급류로 흐르던 물줄기는 여기저기 마른 물거품의 흔적만을 남겨두었네. 군데군데 골이 패어 살풍경한 정원은 온통 뒤죽박죽이었어. 대부분의 과일나무는 뿌리를 드러내고 있었고, 거대한 모래 더미가 초원 가장자리를 뒤덮어, 비르지니가 미역 감던 못도 가득 메워버렸지. 그럼에도 두 그루의 코코넛나무만큼은 끄떡없이 서 있었고, 유독 푸르렀다네. 그러나 그 근처에는 잔디도, 아치를 이루던 통로도, 새들도 다 사라지고 없었으니, 오직 십자매 몇 마리만이 근처의 바윗부리에서 제 새끼를 잃은 것을 한탄하며 구슬피 노래할 뿐이었지. 이 황폐한 광경을 보고 비르니지가 폴에게 말했네.

"오빠가 여기로 새들을 데려왔는데, 폭풍은 그 아이들을 죽이고 말았어. 오빠가 가꾼 이 정원도 이렇게 망가졌어. 땅 위의 모든 것은 파멸되고 마나봐. 변하지 않는 건 하늘밖에 없어."

폴이 대답했지.

"뭐든 좋으니 하늘에 있는 것을 너한테 줄 수는 없을까! 그러기는커녕 이젠 이 땅에도 가진 것 하나 없구나."

비르지니가 얼굴을 붉히며 말을 이어갔네.

"오빠한테는 성 바오로의 초상화가 있잖아."

비르지니가 이 말을 꺼내자마자, 폴은 어머니가 계신 오두막으로 그림을 찾으러 달려갔어. 그 초상화는 은수자 성 바오로•가 그려진 작은 세밀화였네. 마르그리트는 그 그림에 두터운 신심을 갖고 있었기에, 소녀 시절부터 오랫동안 목에 걸고 다니다가, 엄마가 되고 나서는 아이의 목에 걸어주었지.

그녀가 폴을 임신하고 모두에게 버림받았을 때도, 이 축복받은 은수자의 초상을 묵상한 덕분에 아이가 그의 모습을 어느 정도 닮게 된 것일세. 그래서 마르그리트는 성 바오로를 아들의 수호성인으로 삼아, 그의 이름을 아들의 이름으로 지어주기로 결심했네. 자기를 기만했던, 나중에는 자기를 버렸던 인간들로부터 멀리 떨어져 평생을 보낸 성인이었지. 비르지니는 폴이 두 손으로 건네주는 이 작은 초상화를 받아 들면서 가슴 벅찬 목소리로 말했네.

"오빠, 내가 살아 있는 한 절대로 내 몸에서 떨어트리지 않을게, 그리고 오빠가 이 세상에서 가진 유일한 것을 내게 줬다는 것을 잊지 않을게."

이처럼 우애 넘치는 목소리에, 예상치도 못하게 되살아난 이런 친밀감과 다정함에 폴은 그 아이를 껴안고 싶었지만, 비르지니는 한 마리 새처럼 가볍게 그의 곁을 빠져나갔고, 폴은 그토록 이상한 행동을 어떤 의미로 받아들여야 할지 몰라 답답해 미칠 노릇이었다네.

그런 와중에 마르그리트는 라 투르 부인에게 이런 말을 했지.

"우리 아이들을 결혼시키는 게 어때요? 내 아들은 아직 눈

● 은수자 성 바오로(230?~340?)는 이집트 테베 출신의 성인으로, 그리스도교 최초의 은수자로 일컬어진다. 그의 전기를 집필한 성 히에로니무스에 따르면, 성 바오로는 데키우스 황제의 그리스도교 박해를 피해 사막으로 피신하여 그곳에서 113세까지 은수 생활을 영위하며 살았다.

치채지 못한 모양이지만, 두 사람은 서로에게 아주 깊은 연정을 품고 있어요. 자연이 말을 걸어왔을진대, 우리가 아무리 감시해봤자 소용없을 거예요. 죄다 걱정투성이네요."

그러면 라 투르 부인이 대답했네.

"애들이 너무 어리기도 하고, 너무 가난하기도 해요. 분명 키울 힘도 없을 텐데, 비르지니가 그런 불행에 빠질 아이들을 낳는다면 우리가 얼마나 슬프겠어요! 당신네 흑인 노예 도맹그는 몸이 아주 망가졌고, 마리는 허약해요. 나는 어쩌죠, 사랑하는 내 친구, 벌써 15년도 더 전부터 나는 이 몸이 너무 약해진 걸 느끼고 있어요. 더운 나라에서는 순식간에 늙어버리게 마련인데, 더군다나 슬픔 속에서라면 훨씬 더 빨리 늙을 수밖에 없죠. 폴이 우리의 유일한 희망이에요. 나이가 차서 그 아이의 성품이 잘 무르익을 때까지, 일을 해서 우리를 부양할 수 있을 때까지 기다려봅시다. 지금으로서는 아시다시피 우리가 그날그날 필요한 양식 외에는 아무것도 가지고 있지 않잖아요. 하지만 잠시 동안 폴을 인도에 보내놓으면, 장사를 해서 노예 한 명 사 올 정도의 돈은 벌겠죠. 그러고 나서 이 섬으로 다시 돌아오면, 그때 비르지니와 결혼을 시킵시다. 나도 내 소중한 딸을 행복하게 해줄 수 있는 사람은 당신 아들밖에 없다고 생각하니까요. 우리 이웃집이랑 이 얘기를 나눠봐요."

말이 나온 김에 두 부인은 날 찾아와 이 문제를 상의했고,

나는 그 의견에 동의했네.

"인도를 둘러싼 바다는 아름답죠."

내가 두 부인에게 말했지.

"여기서 인도까지 항해하기 좋은 계절을 잘 타면, 길어봐야 육 주 정도 걸리는 여정이고, 돌아오는 데도 그 정도면 됩니다. 폴을 아주 좋아하는 이웃 주민들을 제가 몇 명 알고 있으니까요, 우리 동네에서 폴이 가져가서 팔 만한 것들을 꾸려보겠습니다. 가령 껍질을 벗기는 데 필요한 방아가 없는 우리에게는 도무지 쓸 일이 없는 생면을 주면 어떨까 싶어요. 아니면 흑단나무도 좋죠. 여기서는 너무 흔해서 불을 지피는 데나 쓰이니. 또 우리 숲에서라면 그냥 버려지는 송진 같은 것도 있죠. 말하자면 이 모든 것이 인도에서는 꽤 잘 팔리는데, 여기서는 크게 쓸모가 없답니다."

라 부르도네 씨에게 이 여정에 대한 탑승 허가를 구하는 일을 내가 도맡아 하기로 한 뒤, 나는 다른 무엇보다도 먼저 폴에게 이 일을 알리고 싶었다네. 하지만 그 젊은이가 제 나이를 훨씬 뛰어넘는 통찰을 가지고 내게 이렇게 말했을 때, 내가 얼마나 놀랐는지 모를 걸세.

"아저씨는 왜 내가 뭔지도 모르는 막연한 돈벌이를 좇아 가족을 떠나길 바라는 거예요? 한 개가 오십 개, 아니 백 개가 되어 돌아오기도 하는 밭을 일구는 것보다 더 많이 남는 장사가 세상에 있을까요? 장사를 하고 싶다면, 내가 배를 타고 인도로 가지 않더라도 여기서 남아도는 것들을 가지고 마을에 가서도 충분히 할 수 있지 않을까요? 우리 어머니들은 제게 도맹그가 늙고 몸이 많이 상했다고 말해요. 하지만 저는요, 저는 어리고, 매일같이 힘도 더 세지고 있답니다. 제가 없으면 그사이에 가족들한테 무슨 사고밖에 더 생기겠어요? 특히 비르지니는 이미 몸도 편치 않은데 말이에요. 안 돼요, 싫어요! 가족을 떠난다니, 절대 그런 결정은 내릴 수 없어요."

그의 대답은 나를 매우 곤란하게 만들었다네. 이유인즉슨 라 투르 부인은 내게 비르지니의 상태가 어떤지 숨기지 않았고, 부인으로서는 두 사람을 떼어놓고 이 두 청춘 남녀의 나이가 차기까지 단 몇 년이라도 벌어볼 심산이었기 때문이지. 그게 나로서는 폴이 한 치의 의심도 하게 해서는 안 됐던 이유였어.

그러는 동안 프랑스에서 배가 도착해, 라 투르 부인 앞으로 온 이모님의 편지를 전해주었다네. 죽음에 대한 공포가 그녀를 엄습했다지. 그 정도의 공포가 아니었더라면 그 딱딱한 마음이 결코 누그러지지 않았을 텐데 말이야. 이모님은 쇠약증이 악화되어 얻은 큰 병을 털고 일어났지만, 나이 때문에 더는 치료가 어려웠네. 그분은 프랑스로 다시 오라고 조카를 불러들였지. 아니면, 혹 건강 때문에 그렇게 긴 여행을 하기 어렵다면, 비르지니를 프랑스로 보내라고 분부했네. 비르지니가 훌륭한 교육을 받고, 궁정에서 자리를 하나 얻게끔, 또 자신이 가진 모든 재산을 증여받을 수 있게끔 일을 도모해놓겠노라 했어. 그녀는 자기가 시키는 대로 잘 따라주면, 그에 따른 보상으로 후의를 베풀겠다고 말했네.

이 편지가 가족들이 모인 자리에서 낭독되자마자, 집안사람들은 하나같이 경악을 감추지 못했어. 도맹그와 마리는 울기 시작했지. 폴은 놀라서 꼼짝도 하지 않고, 조금만 건드려도 화를 낼 것만 같았네. 비르지니는 어머니에게 시선을 붙박인 채, 차마 말 한마디도 입 밖에 내지 못하고 있었어.

"이제 와서 우리를 떠날 수 있겠어요?"

마르그리트가 라 투르 부인에게 말했네.

"아니에요, 나의 벗. 그렇지 않단다, 우리 아가들."

라 투르 부인이 말을 이었어.

"나는 여러분을 결코 떠나지 않을 겁니다. 난 여러분과 함께 살아왔고, 여러분과 함께 생을 마감하길 원해요. 나는 우리의 우정 안에서 겨우 행복이란 무엇인지 알았어요. 건강이 나빠지더라도 내 오랜 슬픔이 그 원인일 거예요. 친척들은 몰인정했고, 사랑하는 남편도 잃어서 나는 마음에 상처를 입었었답니다. 하지만 그 후로는 여러분과 더불어 이 초라한 오두막 아래 살면서, 더 깊은 위로와 더 큰 행복을 맛봤어요. 고국에서는 우리 가문에 돈이 아무리 많았어도 꿈도 꿔보기 힘들었을 것들이죠."

이 말에 모두의 눈에서 기쁨의 눈물이 흘러내렸다네. 폴은 라 투르 부인을 품에 안으며 말했지.

"저도 어머니를 떠나지 않겠어요. 당연히 인도에도 가지 않을 거고요. 사랑하는 어머니, 우리 모두가 어머니를 위해 일할 겁니다. 그러니 우리와 함께라면 어머니께 부족한 것이 없을 거예요."

하지만 그 자리에 모인 온 식구들 중, 기쁘다는 내색은 거의 하지 않으면서도 가장 민감하게 반응한 사람은 비르지니였네. 그 아이는 남은 하루 동안 온화하고 명랑한 사람처럼 보였고, 평온함을 되찾은 그 모습에 다들 더없이 흡족해했지.

이튿날 동틀 무렵, 늘 하던 대로 다 같이 모여 식사에 앞서 아침기도를 막 올리고 있었을 때, 도맹그가 말을 탄 신사 한 명이 두 명의 노예를 대동하고 집으로 오고 있다고 알렸네. 라 부르도네 씨였지. 그가 오두막 안으로 들어왔고, 온 집안사람들은 식탁에 둘러앉아 있었어. 비르지니는 이 나라 풍습에 따라 커피와 쌀밥을 막 덜어놓은 참이었지. 그 아이는 뜨거운 고구마와 싱싱한 바나나를 추가로 내왔네. 식기는 전부 호리병박을 반으로 쪼갠 것이었고, 식탁보 대신 바나나나무 잎이 깔려 있었지. 처음에 총독은 이 거주지의 궁핍함에 약간 뜨악한 기색을 내보였다네. 그러더니 이내 라 투르 부인에게 말을 건네면서, 업무 전반을 관할하느라 중간중간 주민 개개인의 일을 생각할 여유는 없었지만, 부인에게는 자기에게 뭐든 요구해도 좋을 만큼 충분한 권리가 있다고 했지.

"부인께서는,"

그가 말을 덧붙였네.

"파리에 지체 높고 아주 부유한 이모님이 계시다지요. 부인에게 남겨줄 재산을 마련해두고 부인을 곁에 두길 고대하고 계신다더군요."

라 투르 부인은 총독에게 자기는 건강이 좋지 못해 그리 긴 여행은 떠날 수 없다고 대답했지.

"그렇다면 적어도,"

라 부르도네 씨가 말을 이었네.

"젊디젊고 너무나도 사랑스러운, 부인의 따님 아가씨 입장은요. 부당함을 감추지 않고서야 그토록 막대한 상속재산을 포기하게 하시진 못할 겁니다. 솔직히 말하자면 부인의 이모님께서는 댁네 따님을 오게 해 곁에 두려고 영향력을 행사하고 계시지요. 당국은 이 문제에 대해, 필요하다면 제가 가진 권한을 행사하라는 공문을 보내왔습니다. 물론 이 식민지 주민들의 행복을 위해서가 아니라면 제가 힘을 쓸 생각은 없지만, 저는 부인께서 의지만 있으시다면 몇 년 정도 희생해주시리라 기대해봅니다. 그 희생에 따님의 출세와 부인의 남은 생의 안녕이 달려 있으니 말입니다. 사람들이 왜 이 섬으로 오겠습니까? 여기서 돈을 벌기 위해서가 아닌가요? 그렇다면 조국으로 돌아가 다시 부를 누리는 것이 훨씬 더 바람직한 일이 아닙니까?"

이렇게 말하면서, 그는 자기 흑인 노예 한 명이 들고 있던 커다란 피아스터• 동전 자루를 식탁에 내려놓았네. 그러면서 이렇게 덧붙였지.

"이 돈은 따님 아기씨의 여행 채비에 쓰라고 이모님 편에서 마련해주신 것입니다."

그런 뒤 그는 필요한 것이 있는데도 자신에게 말하지 않았다며 기어이 공손한 어조로 라 투르 부인을 나무랐고, 그러면서도 그녀의 고귀한 용기에 대해 칭찬했어.

그러자 폴이 갑자기 말을 가로채고는 총독에게 말했네.

"총독님, 저희 어머니께서 당신을 찾아가 부탁했지만 총독님은 어머니를 함부로 대하셨죠."

"또 다른 아이가 있으십니까, 부인?"

라 부르도네 씨가 라 투르 부인에게 말했네.

"아니요, 총독님."

그녀가 말을 이었지.

"이 아이는 제 벗의 아들이지만, 이 아이와 비르지니는 우리에게 똑같은 자식입니다. 똑같이 소중하게 키웠어요."

"이보게 젊은이,"

총독이 폴에게 말했네.

"자네가 언젠가 세상 경험을 더 쌓았을 때, 자네도 높은 자

• 은화의 일종. 특히 식민지에서 각기 다른 값어치의 화폐들을 총칭하는 용어.

리에 오른 사람들의 불행을 알게 될 걸세. 그런 사람들이 얼마나 쉽게 선입견을 갖게 되는지, 감춰진 미덕에 주어져야 할 것을 권모술수에 능한 악에게 얼마나 쉽게 줘버리는지 말이야."

라 투르 부인이 권하자, 라 부르도네 씨는 식탁으로 와서 그녀 옆에 앉았네. 크레올 사람들이 하는 대로 쌀밥을 섞은 커피를 곁들여 아침 식사를 했지. 그는 작은 오두막의 깔끔하게 정돈된 모습과 청결함에, 아기자기하게 살아가는 두 가족의 유대감과 늙은 하인들이 바치는 헌신적인 노력에 매료되었네. 라 부르도네 씨가 말했지.

"이곳엔 나무로 만들어진 가구밖에 없지만, 그윽한 낯빛과 어진 마음이 있군요."

폴은 총독의 덕망에 매료되어 그에게 말했다네.

"총독님과 친구가 되고 싶어요. 정직한 분이시니까요."

라 부르도네 씨는 이 섬사람 특유의 성의 표시를 기꺼이 받아들였네. 그는 폴과 악수하며 그를 안아주었고, 자신과의 우정을 믿어도 좋다며 안심시켜주었어.

아침 식사를 마친 후, 총독은 개인적으로 라 투르 부인을 데리고 가서, 떠날 준비를 마친 배가 한 척 있으니, 머지않아 딸을 프랑스에 보낼 기회가 생길 것이라고 말했네. 그러면서 자기 친척 중 그 배의 승객으로 있는 한 부인에게 비르지니를 부탁할 것이라고도 했지. 또 향후 몇 년간의 편안한 삶을 위해서라도 그 막대한 재산을 버려버리는 일이 없도록 주의해야 한다고도 말했네. 그는 떠나면서 이런 말을 덧붙이기도 했어.

"부인네 이모님께서는 2년 이상 버티시지 못할 겁니다. 그 분의 친지분들께서 알려주셨지요. 잘 생각해보세요. 행운이 매일같이 찾아오는 건 아닙니다. 곰곰이 생각해보셔야 합니다. 상식이 있는 사람이라면 모두 제 의견에 동의할 겁니다."

부인은 대답하길, "자긴 이제 이 세상에서 딸의 행복 말고는 다른 행복은 바라지 않을 터이니, 프랑스로 떠나는 문제는 전적으로 그 아이의 판단에 맡기겠노라고" 했네.

라 투르 부인은 비르지니와 폴을 잠시 떨어트려놓을 기회가 생겨 안타까워하기보다, 그 시간이 언젠가 서로에게 행복을 마련해주리라고 보았지. 그래서 딸을 따로 데리고 가서 말했어.

"딸아, 우리 집 하인들은 늙었단다. 폴은 너무 어리고, 마르그리트는 나이가 들었어. 나는 이미 병약한 몸이란다. 만약 내가 죽기라도 하면, 이 산골 오지 한가운데서 재산도 없이 너는 어떻게 되겠니? 그러면 너는 의지가지 하나 없이 홀로 남겨질 테고, 이 땅에서 먹고살기 위해 끊임없이 고된 일을 하며 하찮은 돈벌이에 매진해야 하지 않겠니. 이런 생각만 하면 내가 괴로워서 가슴이 미어진단다."

비르지니는 이렇게 답했네.

"하느님께서는 우리에게 일할 것을 명하셨어요. 어머니께서는 제게 매일 일을 하고, 하느님께 감사하라고 가르치셨죠.

하느님께서는 지금까지 우리를 버리지 않으셨고, 앞으로도 우리를 버리지 않으실 거예요. 하느님의 섭리는 특히 불행한 자들을 살펴보시니 말이에요. 어머니, 어머니께서 제게 몇 번이고 말씀해주셨잖아요! 어머니를 떠난다니, 차마 그런 각오는 못 하겠어요."

라 투르 부인은 마음이 벅차올라 대답했지.

"나는 오로지 널 행복하게 해줄 생각밖에 없고, 또 언젠가 너를 네 혈육이 아닌 폴 오빠와 결혼시켜주려는 생각뿐이란다. 이제 그 아이의 운명이 너한테 달려 있다는 것을 명심하려무나."

사랑에 빠진 어린 소녀는 세상 모두가 그 사실을 모른다고 생각한다네. 자기 마음을 들씌운 장막으로 제 눈을 가리고 있는 게지. 하지만 우정 어린 손길이 그 장막을 들어 올리면, 사랑의 은밀한 고통은 문 열린 울타리로 도망치듯 새어 나오고, 신중과 비밀로 스스로를 둘러싸고 있던 것이 이제는 순순히 표출되는 신뢰감으로 이어지게 마련일세. 어머니께서 새롭게 온정을 표하는 것에 마음이 움직인 비르지니는, 오로지 하느님만이 그 증인이셨던 고군분투가 어땠는지 이야기했네. 또 다정다감한 어머니의 가호 속에서 신의 섭리가 뜻하는 구원을 보았으니, 어머니께서 자기가 품은 연정을 알아봐주고, 여러 조언을 통해 올바르게 이끌어주려는 것이라며, 이제 어머니의 지지에 힘입어 현재에 대한 불안도, 미래에 대한 두려움도 없이, 자기는 어머니 곁에 남아 있기만 하면 되는 것이라고도 했어.

라 투르 부인은 자신이 속내를 털어놓은 것이 예상했던 것과는 전혀 다른 효과를 낳는 것을 보고, 비르지니에게 이렇게 말했다네.

"아가, 나는 너를 구속하고 싶지 않단다. 그러니 편하게 생각해도 된다. 하지만 폴에게는 너의 사랑을 숨기거라. 일단 여자 마음을 얻으면, 남자는 아무것도 기대하지 않는단다."

저녁 무렵, 그녀가 비르지니와 단둘이 있을 때, 파란색 수단을 입은 키 큰 남자 하나가 그녀의 집으로 들어왔네. 이 섬의 선교사로 온 성직자이자 라 투르 부인과 비르지니의 고해 신부였지. 총독이 보냈던 게야.

"주의 자손들이여,"

그가 들어오면서 말했네.

"하느님을 찬미하소서! 여러분은 이제 부자십니다. 선량한 마음의 소리에 귀 기울이고, 가난한 이들에게 선행을 베풀 수 있으실 겁니다. 저는 라 부르도네 씨가 여러분께 무슨 말을 했고, 여러분께서 어떤 대답을 하셨는지 알고 있습니다. 훌륭한 어머니, 부인은 건강 때문에 여기 머물 수밖에 없으시다지만, 어린 아기씨, 아기씨께서는 여지가 없으셔요. 신의 섭리를 따르시고, 비록 부당할지라도 우리의 나이 든 친지들의 뜻에 따르셔야 합니다. 이는 하나의 희생이지만, 또한 하느님의 명이기도 합니다. 그분께서는 우리를 위해 몸을 바치셨죠. 그러니 그분을 본받아, 가족의 안녕을 위해 헌신해야 하는 것입니다. 아기씨의 프랑스 여행은 행복한 결말을 가져다줄 것입니다. 영 그곳에 가고 싶지 않으신 건가요, 우리 귀여운 아기씨께서는?"

비르지니는 눈을 내리깐 채, 파들파들 떨면서 이렇게 대답했다네.

"만약 그것이 하느님의 명이라면, 결코 거역하지 않겠습니다."

그 아이는 울먹이며 말했어.

"주님의 뜻이 이루어지기를!"

선교사는 집을 나온 뒤, 총독에게로 가서 부탁받은 심부름을 완수했다고 보고했네. 그러는 동안 라 투르 부인은 도맹그를 내게 보내, 비르지니의 출발에 대한 내 의견을 구하고자 하니 자기 집에 들러주길 부탁한다는 말을 전했지. 나로서는 그 아이를 보내야 한다는 생각이 전혀 없었네. 나는 행복을 얻는 만고불변의 이치로서, 부에서 주어지는 모든 이로움보다 자연이 주는 이로움을 더 중히 여겨야 하며, 집에서 찾을 수 있는 것을 굳이 바깥에서 구하지는 말아야 한다는 생각을 가지고 있음이야. 나는 이러한 원칙을 예외 없이 모든 것에 적용하고 있지. 그러나 중용을 지키자는 나의 조언이 어찌 막대한 재산에 대한 환상을 거스를 수 있겠으며, 내가 지켜온 자연 이성이 어찌 세상의 선입견뿐 아니라 라 투르 부인이 신성시해온 권위를 거스를 수 있었겠나? 그러니만큼 부인은 그저 예의상 나에게 의견을 구했을 뿐, 고해신부의 결정이 있은 뒤로는 더 이상 고민하지 않았네. 비르지니의 재산이 자기 아들에게 득이 되길 바라면서도 그 아이가 떠나는 것만큼은 강하게 반대했던 마르그리트조차 더는 반대 의견을 내지 않았지. 폴로서는 일이 어떤 식으로 결정되었는지 모르고 있다보니, 라 투르 부인이 딸과 은밀한 대화를 나누는 모습에 겁을 먹고는 침울한 슬픔에 빠졌다네. 폴의 말로는, "나한테 뭔가 숨기는 걸로 보아하니, 뭔가 내가 싫어할 만한 음모를 꾸미고 있구나"라는 게야.

그러던 와중에 이 바윗골에 돈이 흘러들었다는 소문이 섬에 퍼지면서, 온갖 종류의 상인들이 모습을 드러내고 이곳까지 기어들어 왔네. 상인들은 이들 가족의 빈한한 오두막 가운데에다가 인도에서 온 가장 값비싼 천들을 펼쳐놓았지. 쿠달로르산 최고급 바쟁에, 풀리카트나 마술리파탐에서 만들었다는 여성용 머릿수건도 보였고, 다카에서 왔다는 모슬린은 단색도 있고, 줄무늬가 들어간 것도 있고, 자수를 놓은 것도 있었지만, 어째 햇빛처럼 투명한 것도 있었네. 새하얗게 아름다운 수라트산 바프타도, 또 오색찬란한 친츠도 있었지만, 촘촘한 바탕 무늬에 초록색 잔가지가 그려진 더 희귀한 친츠도 있었어. 이 천들은 중국에서 온 화려한 비단 직물과 같이 펼쳐져 있었는데, 햇빛을 받으면 윤곽이 또렷이 보이는 돋을무늬 비단이며, 하얀 문양이 반들반들하게 빛나는 비단도 있었고, 또 다른 비단은 한 자락 푸른 초원이 펼쳐진다거나, 눈부시게 붉은빛을 띠는 것도 있었네. 어디 그뿐인가, 분홍빛 태피터니, 풍성한 촉감의 새틴이니, 나사(羅紗)처럼 부드러운 북경 비단이니, 흰색 노란색 어우러진 남경 비단이니, 심지어 마다가스카르식 파뉴도 있었지.

라 투르 부인은 자기 딸이 기분 좋아질 만한 것은 뭐든지 샀으면 했네. 다만 상인들이 딸을 속여 팔진 않을까 하는 걱정에 물건 가격과 품질을 꼼꼼히 따져봤지. 비르지니가 선택한 것은 다 자기 어머니와 마르그리트와 그 아들이 좋아할 만한 것들이었어. 비르지니가 말했네.

"이건 가구랑 잘 어울리겠고, 저건 마리와 도맹그가 쓰기에 좋겠어요."

결국 자루에 든 피아스터 동전을 다 쓸 때까지도 비르지니는 자기한테 필요한 것을 생각해내지 못했어. 집안사람들에게 나눠준 선물에서 자기 몫을 다시 해 와야 할 정도였지.

폴은 비르지니가 떠날 것을 예고하는 이 값비싼 선물들을 보면서 비탄에 잠겨 지내다가, 결국 며칠 후 우리 집에 찾아왔네. 그는 풀 죽은 목소리로 이렇게 말했어.

"내 동생이 떠납니다. 벌써 여행을 떠날 채비를 마쳤어요. 우리 집에 와주세요, 부탁이에요. 아저씨의 두터운 신망을 이

용해서라도 비르지니네 어머니 마음과 우리 어머니 마음을 돌리고 비르지니를 여기 붙잡아주세요."

폴의 간절한 부탁에 나서긴 했지만, 나는 내가 아무리 타일러도 효과가 없으리라 확신하고 있었네.

머리에 붉은색 머릿수건을 두르고 벵골산 파란 직물로 옷을 지어 입은 비르지니도 매력적으로 보였었지만, 이 나라에 사는 부인들처럼 차려입은 모습은 또 완전히 달라 보였지. 그 아이는 분홍빛 태피터로 안감을 댄 하얀 모슬린 드레스를 입고 있었네. 높은 허리선에서 이어지는 가녀린 허리는 코르셋 안에서도 완벽한 윤곽을 드러냈고, 두 갈래로 땋은 금발 머리는 순결한 얼굴과 어우러져 감탄을 자아냈어. 아름다운 파란 눈은 우수를 가득 머금었으며, 억눌린 정염으로 심란해진 마음 때문에 얼굴은 상기되고 목소리는 연정에 사무쳐 울렸네. 원해서 입은 것 같아 보이진 않았지만, 비르지니의 우아한 차림새가 그런 모습과 극명한 대비를 이루면서, 그 아이에게 드리운 애수를 더욱더 눈물겹게 만들었지. 비르지니를 보고 그 목소리를 들으면 누구라도 울컥 북받치는 감정에 빠질 수밖에 없었네. 그런 모습에 폴의 슬픔은 더 커져만 갔어. 아들의 처지에 가슴이 미어진 마르그리트는 폴을 따로 불러 이렇게 말했네.

"왜 그러니 아들아, 왜 너는 스스로 헛된 희망을 키워서는 더 씁쓸한 상실감만 맛보고 있니? 아무래도 너와 나의 인생에 감춰진 비밀을 털어놓을 때가 되었구나. 라 투르 부인 댁 아가씨는, 그 엄마 쪽 가문으로 보자면 아주 부유하고 신분이 높은 집안의 일원이란다. 그런데 너는 어떠니. 너는 농사짓는 가난한 여자의 아들일 뿐인 데다가, 설상가상 사생아로 태어났단다."

이 사생아라는 말에 폴은 크게 놀랐네. 누가 그 말을 하는 것을 들어본 적이 없었으니 말이야. 폴이 어머니에게 그 말이 무엇을 의미하는지 묻자, 어머니는 이렇게 대답했어.

"너한테는 법률상의 아버지가 없다는 말이다. 내 어렸을 적 사랑에 빠져 몸가짐을 바르게 하지 못하고 잘못을 저질렀는데, 그 결실이 너였어. 내 실수 때문에 너는 친가가 없어졌고, 내가 자책하는 바람에 외가도 없는 아이가 되어버렸단다. 불쌍한 것, 이 세상에 나 말고는 다른 핏줄이 없구나!"

그러고 나서 그녀는 눈물을 쏟기 시작했네. 폴은 어머니를 품에 안아주며 이렇게 말했지.

"아아, 어머니! 이 세상에 어머니 말고는 다른 친척이 없으니, 저는 어머니를 그만큼 더 많이 사랑할 거예요. 그렇지만 방금 실로 감당하기 어려운 비밀을 알려주셨어요! 이제야 알겠어요, 두 달 전부터 라 투르 부인 댁 아가씨가 저를 멀리한 이유도, 오늘 떠나기로 결심한 이유도요. 아! 비르지니는 어쩌면 저를 경멸하고 있겠군요!"

그러는 사이 저녁 시간이 다 되어 다들 식탁에 앉았는데,

사람들은 밥 먹자고 모인 자리에서 각기 서로 다른 집념에 사로잡혀, 식사도 거의 하지 않고 말도 좀처럼 꺼내지 않았지. 비르지니가 처음으로 식탁에서 일어나, 지금 우리가 있는 이곳에 와 앉았다네. 곧이어 폴이 비르지니를 따라나서더니, 그 옆에 와서 앉았어. 둘은 너 나 할 것 없이 한동안 깊은 침묵을 지켰네. 열대지방에서는 아주 흔하게 볼 수 있는, 그런 그윽한 밤 중 하나였으니, 가장 솜씨 좋은 화필도 그 아름다움을 옮기긴 힘들 걸세. 창공 한가운데 보이던 달은 구름 장막에 둘러싸여 사방으로 서서히 달빛을 흩뿌리고 있었네. 그 빛은 어느새 섬 안의 산과 산봉우리로 조금씩 퍼져나갔고, 거기서 은빛 녹색이 찬란하게 빛났지. 바람은 숨을 죽이고 잦아들었네. 숲속에서, 계곡 저 깊은 곳에서, 바위 꼭대기에서, 새들의 작은 울음소리와 조곤조곤 귀를 간질이는 소리가 들려왔지. 새들은 맑은 밤과 고요한 공기를 만끽하며 둥지에서 서로를 어루만지고 있었네. 모두가, 하물며 곤충들까지도, 풀밭 아래서 바스락거리고 있었어. 하늘에서 반짝이는 별들은 바다 한가운데 비쳐 거기 맺힌 그림자가 바다와 함께 출렁였지. 비르지니는 광활하고 어두컴컴한 수평선을 초점 없는 시선으로 훑어보았네. 어선들에서 뿜어 나오는 붉은 불빛이 섬의 해안선과 바다를 구분해주고 있었지. 항구 입구 쪽에서는 한 줄기 빛과 한 덩어리의 그림자가 보였는데, 그것은 비르지니가 유럽에 갈 때 타게 될 배의 현등과 선체였어. 배는 돛을 펼칠 준비를 마치고, 닻을 내린 채 적막이 걷히기를 기다리고 있었지. 이 광경을 보고 비르지니는 괴로워했고, 자기가 우는 것을 폴이 보지 못하도록 고개를 돌렸다네.

라 투르 부인과 마르그리트, 그리고 나까지, 우리는 거기서 몇 걸음 떨어진 바나나나무 아래 앉아 있었어. 고요한 밤중이었기에 우리에게는 두 사람의 대화가 또렷이 들렸고, 나는 그걸 잊지 않고 있다네.

폴이 비르지니에게 말했어.

"마드무아젤, 사흘 뒤면 떠나신다고 하더군요. 위험천만한 바다에 몸을 맡기는 것이 두렵지 않으신가봅니다……. 그렇게나 무서워하던 바다에 말이에요!"

비르지니가 대답했네.

"내 친척들의 뜻에 따라야 해, 내 의무를 다해야만 해."

폴이 말을 이었어.

"저 멀리 본 적도 없는 친척 때문에 우리를 떠나는 거겠지!"

"아니!"

비르지니가 말했네.

"나는 평생 여기 있고 싶어. 물론 우리 어머니는 그걸 원하시지 않았지만. 우리 고해신부님께서도 내가 떠나는 것이 하느님의 뜻이라고, 결국 인생은 시련이라고 말해주셨어…….

그래! 진정 고통스러운 시련이야!"

"뭐라고?"

폴이 대꾸했네.

"숱한 이유로 마음을 정했겠지만, 그중 어떤 것도 당신을 잡아두지 못했어요! 그래! 아직도 나한테 말하지 않은 것이 있나봅니다. 부자가 된다는 데 마음이 온통 끌리게 마련이죠. 당신은 곧 새로운 세상에 가서 나한테는 더 이상 붙이지 않는 오빠라는 호칭을 줄 누군가를 찾겠죠. 아가씨께서는 그 오빠를 선택하시겠죠. 내가 줄 수 없는 태생, 내가 줄 수 없는 부를 가지고 있어 당신에게 걸맞은 그런 사람들 중에서요. 하지만 더 행복해진답시고 가고 싶다는 곳은 대체 어딘가요? 당신이 당도하게 될, 당신이 태어난 곳보다 더 소중할 거라는 그 땅은 도대체 어떤 땅인가요? 당신을 사랑해주는 식구보다 더 정이 넘치는 식구들을 어디서 만들 건가요? 어머니의 보살핌에 그렇게나 익숙해져 있으면서, 그 보살핌 없이 어떻게 살아갈 건가요? 이미 나이가 들어버린 당신 어머니, 어머니는 혼자서 어떻게 되겠어요? 식탁에서도, 집 안에서도, 당신에게 의지하곤 했던 산책길에서도 더 이상 자기 곁에 있는 당신을 볼 수 없다면 말이에요. 당신 어머니만큼이나 당신을 애지중지했던 우리 엄마는 어떻게 될까? 당신이 없어서 두 분이 울고 계신 것을 보면 나는 뭐라고 말해야 할까? 잔인한 것! 날 얘기하는 게 아니야. 그렇지만 아침이 돼서, 더 이상 우리와 함께 있는 당신을 보지 못할 때, 또 우리가 함께할 수 없는 밤이 올 때, 우리가 태어날 때 심어졌다는 이 야자나무 두 그루, 우리 둘 사이의 우정을 그토록 오래도록 지켜봐준 이 두 나무를 볼 때, 나는 어떻겠어? 아! 새로운 운명에 닿는 바람에 너는 네가 태어난 나라가 아닌 다른 나라를 찾고, 내가 일궈놓은 재산 말고 다른 재산을 찾고 있으니, 네가 타고 가기로 한 그 배에 내가 같이 탈 수 있게 해줘. 폭풍이 몰아치면 내가 널 달래줄게, 지구상에서 가장 무서워하는 거잖아. 네 머리를 내 가슴에 누이고, 네 심장을 내 심장으로 따뜻하게 해줄게. 네가 부귀영화를 찾아 떠날 프랑스로 가서, 나는 종처럼 너를 섬길 거야. 오로지 너 하나의 행복으로도 기쁜 나는 그 저택에서 시중드는 사람들과 흠모하는 사람들로 둘러싸인 널 보겠지, 그리고 너에게 가장 고귀한 희생을 바칠 수만 있다면, 너의 발밑에서 죽음을 맞이하더라도 나는 보다 더 풍요롭고 보다 더 고귀할 거야."

폴은 흐느낌에 목이 메어 목소리가 나오지 않았고, 이윽고 우리는 폴에게 말하는 비르지니의 목소리가, 탄식으로 중간중간 잘려나가긴 했지만 이런 말들을 하는 것을 들었네…….

"나는 오빠 널 위해 떠나는 거야……. 오빠가 매일 일 때문에 허리를 굽히고 의지할 데 하나 없는 두 가족을 먹여 살리는 걸 봐왔으니까, 그런 오빠를 위해서. 내가 부자가 될 수 있는 기회를 받아들이기로 했던 것도, 오빠가 우리에게 베푼 것보다 백배 천배로 돌려주기 위해서야. 그 정도 돈이면 오빠의 친절에 보답이 될까? 출생에 대해 말한 건 뭐야? 아! 나한테 아직 오빠라는 존재가 주어질 수 있다면, 내가 오빠 말고 다른 사람을 선택할 것 같아? 오, 폴! 오오, 폴 오빠! 오빠는 나한테 그냥 오빠 이상으로 훨씬 더 소중한 사람이야! 오빠를 내 마음에서 밀어내고 또 밀어내느라 내가 얼마나 많은 대가를 치르고 있는지 알아! 하늘이 우리의 결혼을 축복해줄 수 있을 때까지, 내가 나 자신과 떨어져 있을 수 있게 오빠가 날 도와줬으면 했어. 이제 내가 남든지 떠나든지, 내가 살든지 죽든지, 오빠가 원하는 대로 해. 부덕한 딸이라고 하라지! 오빠의 애정 표현은 뿌리칠 수 있었지만, 오빠의 고통만큼은 견딜 수 없어."

이 말에 폴은 비르지니를 품에 안고, 그녀를 꽉 끌어안으면서 우렁찬 목소리로 포효했지.

"비르지니와 같이 간다. 어떤 것도 나를 그녀로부터 떼어놓을 수 없으리라."

우린 모두 폴에게 달려갔네. 라 투르 부인이 말했어.

"내 아들아, 네가 우릴 떠나면 우리는 어떻게 되겠니?"

그는 부들부들 떨면서 이 말을 되뇌었지.

"내 아들…… 내 아들…… 당신이 내 어머닌가요."

하고 그가 말하길,

"그러면서 당신은 오빠와 동생을 떼어놓는 사람이죠! 우리 둘 다 당신 젖을 물고 자랐습니다. 또 우리 둘 다 당신의 무릎 위에서 컸고, 당신으로부터 서로를 사랑하는 법을 배웠죠. 그렇게 우리 둘은 서로에게 백 번이고 천 번이고 사랑한다는 그 말을 해주었어요. 그런데 이제 당신은 나를 비르지니한테서 떼어놓으시는군요! 당신은 비르지니를 유럽으로, 당신에게 쉴 자리 하나 허락해주지 않았던 그 야만스러운 나라로, 심지어 당신이 버림받았다는 그 잔인한 친척들 집으로 보내는 거예요. 당신은 말하겠죠. 넌 이제 비르지니에게 아무런 권리가 없어, 갠 너의 동생이 아니야. 비르지니는 내 전부예요, 나의 보물이자 나의 가족이며, 나의 시작이자 나의 재산입니다. 그것 말고 다른 건 아무것도 몰라요. 우리는 한 지붕 밑에 살았고, 한 요람 안에서 자랐지요. 그러니 무덤도 하나밖에 없을 겁니다. 비르지니가 떠나면, 나도 그 애를 따라갈 수밖에 없어요. 총독이 저를 막을 거라고요? 내가 바다에 뛰어드는 것까지 막을 수 있을까요? 수영을 해서라도 따라갈 겁니다. 바다라고 해서 육지에서보다 내가 더 쉽게 목숨을 뺏기는 건 아니니까요. 여기서 비르지니 옆에 살 수 없다면, 적어도 당신과는 멀리 떨어져 비르지니의 눈앞에서 죽겠습니다. 어머니 당신은 무정해요! 무자비한 여자예요! 기어코 그 아이를 위험한 바다로 내보내거든, 이 망망대해가 당신에게 두 번 다시 딸을 돌려주지 않기를! 그 파도가 내 시체를 당신에게 가져다주기를! 내 시체가 비르지니의 시체와 함께 이 해변 자갈 사이를 뒹굴기를, 그렇게 두 아이를 잃은 당신에게 영원한 고통의 씨앗이 되어주기를!"

이런 말들을 듣고 나는 폴을 붙잡아 껴안았네. 절망이 그의 이성을 앗아 갔기 때문이지. 눈은 희번덕거렸고, 불같이 달아오른 얼굴에서는 굵은 땀방울이 흘러내렸어. 무릎은 덜덜 떨렸는데, 나는 타오르는 그의 가슴속에서 심장이 거칠게 뛰는 것을 느꼈다네.

겁에 질린 비르지니는 폴에게 이렇게 말했어.

"아아, 사랑하는 폴! 우리가 함께한 유년 시절의 기쁨과, 오빠의 아픔, 나의 아픔, 그리고 불행한 우리 두 사람을 영원히 맺어줄 모든 것을 걸고 맹세할게. 내가 여기 남는다면, 오직 오빠 너를 바라보며 살 거야. 내가 떠난다면, 언젠가 오빠의 사람이 되기 위해 돌아오겠어. 여러분을 증인으로 삼겠어요, 어렸을 때부터 나를 길러준 여러분 모두를, 내 삶을 좌지우지하고 내 눈물을 바라봐주는 여러분 모두를요. 내 말을 듣고 있는 이 하늘에, 내가 건너야 할 저 바다에, 내가 숨 쉬는 공기에, 결코 거짓으로 더럽힌 적 없는 이 공기에 대고 맹세하겠어요."

태양이 아펜니노산맥● 정상의 얼음 바위를 녹여 떨구듯이, 사랑하는 상대의 목소리에 이 청년의 맹렬한 분노는 가라앉

● 이탈리아반도를 남북으로 가로지르는 산맥으로, 이탈리아의 주요 강들은 모두 이 산맥에서 발원한다. 최고봉은 코르노그란데산으로 해발 약 2912미터에 달한다.

았네. 꼿꼿하게 쳐들었던 고개는 수그러들고, 눈에서는 눈물이 후드득 흘러내렸지. 폴의 어머니는 그 눈물에 자신의 눈물을 섞으며, 차마 아무 말도 꺼내지 못하고 폴을 품에 안아주었어. 라 투르 부인은 넋을 잃고 내게 말했네.

"견딜 수가 없어요. 마음이 찢어집니다. 이 불행한 여행이 진행돼서는 안 되겠어요. 아저씨, 부디 내 아들을 데려가주세요. 일주일 전부터 여기 있는 누구 하나 제대로 잠을 잔 사람이 없어요."

나는 폴에게 말했네.

"여보게, 자네 여동생은 남을 걸세. 내일 우리가 이 문제에 대해 총독과 이야기하도록 하지. 그러니 일단 자네 가족은 쉬게 해주고, 오늘 밤은 우리 집에 와서 보내시게. 너무 늦었네, 자정이야. 남십자성이 수평선과 수직을 이루고 있지 않는가."

폴은 아무 말 없이 이끌려 왔지만, 밤새 잠을 설치더니 그만 동이 트자마자 자리에서 일어나 집으로 돌아갔다네.

그런데 자네에게 이 사연에 얽힌 이야기를 이 이상 계속해서 더 들려줄 필요가 있다고 보나? 인간의 삶에서 알아봐야 좋은 것은 아무래도 한쪽밖에 없다네. 빠르게 돌아가는 우리네 삶은, 우리가 그 위에 서서 돌고 있는 지구와 닮아서 그저 단 하루에 불과하니, 그 하루의 한쪽은 다른 한쪽이 어둠으로 빠져들지 않는 이상 빛을 받을 수 없는 법일세.

"어르신,"

내가 그에게 말했다.

“아무쪼록 부탁드립니다. 그토록 애처롭게 운을 떼셨는데 끝까지 다 이야기해주셔야지요. 행복이 주는 인상은 우리를 기쁘게 하지만, 불행이 주는 인상은 우리에게 교훈을 줍니다. 말씀해주세요, 가여운 폴은요, 어떻게 되었습니까?”

폴이 집으로 돌아오는 길에 가장 먼저 본 것은 흑인 여종 마리가 바위 위에 올라서서, 먼바다 한가운데를 내다보고 있는 모습이었네. 폴은 아주 멀리 그녀가 보이는 곳에서부터 큰 소리로 외쳤지.

“비르지니는 어디 있어?”

마리는 어린 주인을 향해 고개를 돌리더니 이내 울기 시작했어. 폴은 넋이 나간 채 발길을 돌려 그대로 항구로 달려갔네. 그는 그곳에서 동틀 무렵 이미 비르지니는 배에 탔고, 그녀가 탄 배는 바로 출항해버려서 이제는 보이지도 않는다는 것을 알게 되었네. 폴은 집으로 돌아왔고, 어느 누구와도 말을 나누지 않고 농지를 가로질러 갔어.

비록 이 분지를 둘러싼 암벽이 우리 뒤에서는 거의 수직처럼 보이지만, 산마루까지 오르는 길은 저 초록빛 평지로 층층이 나눠져 있어, 그 계단식 땅을 밟고 몇몇 험준한 오솔길을 통하기만 하면 ‘엄지 바위’라 불리는, 경사가 심해 사람이 가까이 갈 수조차 없는 저 원뿔 바위 바로 아래까지 닿을 수 있다네. 그 바위 아래 있는 땅은 커다란 나무들로 뒤덮인 평지지만, 땅 자체가 깎아지른 듯 너무 높이 치솟아 있어, 마치 무시무시한 낭떠러지에 둘러싸여 공중에 떠 있는 거대한 숲과 같지. 엄지 바위 꼭대기 주변으로 끊임없이 몰려드는 구름은 여러 가닥 물줄기를 흘려보내는데, 이 높이에서는 떨어지는 물소리조차 들리지 않을 정도로, 저 바위산 뒤쪽에 자리한 골짜기 밑바닥 아주 깊숙한 곳까지 떨어진다네. 그곳에서는 봉우리가 솟아오른 작은 산지와 더불어 섬 대부분이 보이지. 그중에서도 특히 숲이 빼곡히 들어찬 골짜기들과 함께 피터르봇산과 삼유방산이 보이고, 그 건너편으로 보이는 대양과 부르봉 섬은 여기서 서쪽으로 40리외 정도의 거리에 있네. 폴이 비르지니를 데려간 배를 발견한 것이 바로 이 높이에서였어. 그는 10리외도 넘게 멀리 떨어진 대양 한가운데서 그저 까만 점처럼 보이는 배를 봤다네. 배를 지켜보느라 반나절을 꼬박 거기 머물렀지. 하지만 아직 보고 있다고 생각하고 있었을 때 배는 이미 사라지고 난 뒤였어. 수평선의 해무 속으로 배가 자취를 감췄을 때, 아무도 오지 않는 그곳에, 노상 바람에 두들겨 맞기만 하는 그곳에 폴이 앉아 있었다네. 그곳의 바람은 야자나무와 타타마카나무 우듬지를 뒤흔든다네. 두 나무가 둔탁하게 부딪히며 중얼거리듯 우는 소리는 멀리서 들려오는 오르간 소리를 닮아 깊은 애수를 불러일으키곤 하지. 나는 거기서 폴을 찾았다네. 바위에 머리를 기댄 채, 두 눈을 땅에 붙박이고 있었어. 해 뜰 무렵부터는 그의 뒤를 따라 걸었지. 그렇게 산 아래로 내려와 가족을 다시 보게 하기까지 많은 어려움이 있었다네. 어쨌든 나는 그를 집으로 데려왔고, 그는 일단 라 투르 부인을 다시 보자마자 그녀가 자길 속였다며 야멸스레 따지고 들었어. 라 투르 부인은 우릴 보며 말하길, 새벽 3시쯤 바람이 불어서 배가 출항 준비를 했고, 총독이 그의 참모진 일부와 선교사를 뒤에 달고 와서는 비르지니를 찾아 가마에 태워 가려고 했다며, 물론 자기가 나름 이유를 내세우며 눈물을 흘리고, 마르그리트도 덩달아 눈물을 보였음에도 불구하고, 총독 무리는 일제히 이렇게 하는 것이 모두에게 좋은 일이라고 고함을 지르더니 결국 거의 초주검이 되어가는 딸을 데려가버렸다는 것이었네.

"최소한,"

폴이 대꾸했어.

"비르지니에게 작별 인사라도 했다면, 제가 지금 진정할 수 있을 거예요. 전 이렇게 말했을 거예요. 비르지니야, 우리가 함께 살아오는 동안 내 입에서 튀어나온 어떤 말이든 너의 감정을 상하게 했다면, 영원히 헤어지기 전에 날 용서한다고 말해줘. 전 비르지니에게 말했을 거예요. 이젠 두 번 다시 너를 볼 수 없는 운명이니, 안녕, 내 사랑 비르지니! 안녕! 내게서 멀리 떠나더라도 기쁘게, 그리고 행복하게 살아!"

그러던 폴은 자신의 어머니와 라 투르 부인이 울고 있는 것을 보고 이렇게 말했네.

"이제 나 말고 두 분의 눈물을 닦아줄 다른 사람을 찾으세요!"

그러고 나서 폴은 두 어머니로부터 멀리 떨어져 한탄하며, 농지 여기저기를 헤매기 시작했어. 비르지니가 가장 아끼던 모든 장소를 돌아다녔지. 매매 울면서 그를 쫓아오는 비르지니의 염소들과 작은 새끼 염소들에게 폴은 이렇게 말했네.

"나한테 뭘 원하는 거야? 너희들에게 손수 먹을 것을 챙겨주던 사람은 이제 내 옆에서 다시 볼 수 없어."

비르지니의 쉼터에 있던 그는, 퍼덕이며 주위를 날아다니는 새들을 보고 이렇게 외쳤지.

"가여운 새들아! 이제는 너희들이 마중 나와도 너희들을 길러주던 그 다정한 젖어미를 맞이하지 못할 거야."

여기저기 냄새를 맡으며 사람을 찾듯 그의 앞을 어슬렁거리는 피델을 보고 그는 한숨을 쉬며 이런 말을 했네.

"아! 피델아, 너도 다시는 그녀를 찾아내지 못할 거야."

마지막으로 그는 전날 비르지니와 이야기를 나눴던 바위에 앉아, 그녀를 데려간 배가 사라지는 모습을 보았던 바다를 눈에 담고는 펑펑 울었다네.

그러는 사이 우리는 폴이 격앙된 마음을 가라앉히지 못해 무슨 불길한 일이라도 생길까 두려워, 조심스럽게 뒤를 따라다녔어. 폴의 어머니와 라 투르 부인은 그에게 절망에 빠져 자기들을 더 큰 고통에 시달리게 하지 말아달라며, 세상 가장 따뜻한 말로 간청하곤 했지. 마침내 라 투르 부인은 폴의 희망을 되살리기에 딱 좋은 호칭들을 아낌없이 불러줌으로써 그를 진정시키는 데 성공했네. 그녀는 폴을 내 아들, 내 사랑하는 아들, 우리 사위, 우리 딸과 결혼할 사람이라고 불렀어. 부인은 폴에게 집으로 돌아오라고 했고, 와서 먹을 것을 조금 들라고 했네. 폴은 우리가 있는 식탁으로 와 그의 어린 시절 단짝이 앉던 자리 옆에 앉았고, 마치 비르지니가 아직 그 자리에 앉아 있기라도 하다는 듯이 그 아이에게 말을 걸거나, 그 아이를 잘 아는 만큼 비르지니가 가장 맛있어하던 요리를 건네기도 했네. 하지만 그것이 자신의 착각이라는 것을 깨닫자마자, 울음을 터뜨리고 말았지. 그 후 며칠 동안 폴은 비르지니가 마지막으로 들고 있던 꽃다발이나, 음료를 따라 마시는 데 쓰던 코코넛 잔과 같이, 그 아이가 자기 것으로 가지고 쓰던 것들을 빠짐없이 모았다네. 그렇게 자기 여자친구가 남기고 간 이 모든 것들이 세상에서 가장 소중한 물건인 것처럼, 그것들에 입을 맞추고 가슴에 품었지. 아무리 용연향일지라도 사랑하는 사람이 만졌던 물건만큼 달콤한 향을 내지는 못하는 법일세. 끝내 폴은 그에게 남은 미련이 자신의 어머니와 라 투르 부인의 회한을 키우는 것을 보고, 또 가족의 생계를 위해서는 일을 멈출 수 없음을 알고, 도맹그의 도움을 받아 정원을 수리하기 시작했다네.

얼마 지나지 않아, 크레올로 태어나 세상에서 일어나는 모든 일에 무관심했던 이 청년은 비르지니와 편지를 주고받을 수 있도록 내게 글을 읽고 쓰는 법을 가르쳐달라고 부탁했지. 그다음으로는 비르지니가 배에서 내려 도착할 나라를 상상 속에서라도 그려보고자 지리를 배우고 싶어 했고, 그녀가 살아갈 사회의 풍속을 알아보고자 역사를 배우고 싶어 했네. 마찬가지로 폴이 농사를 짓는 일에, 들쑥날쑥 고르지 못한 땅을 쓰기 좋게 정비하는 기술에 능통한 사람이 된 것도 사랑의 감정에 힘입은 것이었어. 어쩌면 이렇듯 열성으로 가득 차 있어 채워지지 않는 정염이 도달하고자 하는 쾌락에, 인간은 과학과 예술 대부분을 빚지고 있을 걸세. 또한 그러한 정염의 결여로부터 철학이 탄생해, 모든 것으로부터 스스로 위로하는 법을 알려주는 것이지. 이리하여 사랑을 모든 존재의 연결 고리로 만들어냈던 자연은, 그 사랑을 우리 사회를 움직이는 첫 번째 동인이자 우리의 깨달음과 우리의 기쁨을 북돋는 원동력으로 삼아왔던 것일세.

폴은 각국의 자연을 묘사해주는 대신 정치적 분열상만을 소개하는 지리 공부에 큰 흥미를 얻지 못했다네. 역사, 특히 현대사도 그의 관심을 그다지 끌지 못했지. 폴은 역사에서 보편적이고 되풀이되는 불행만을 보았을 뿐, 그 원인을 파악할 수 없었어. 아무 이유 없이, 아무런 목적도 없이 일어나는 전쟁들, 불분명한 음모들, 특색 없는 나라들과 몰인정한 왕들. 폴은 이런 것들보다 소설 읽는 것을 더 좋아했는데, 소설이란 인간의 감정과 인간의 이해관계에 더 큰 관심을 두고 있으니만큼, 때때로 자기가 처한 것과 같은 상황들을 제시해주었던 게지. 그러니 전원생활과 인간 내면의 자연스러운 열정을 묘사함에 있어 《텔레마코스의 모험》•만큼 그에게 즐거움을 준 책이 없었네. 폴은 가장 마음 아팠던 대목들을 어머니와 라 투르 부인에게 읽어주곤 했는데, 그럴 때면 눈물겨운 추억에 감정이 북받쳐 목이 메었고, 두 눈에서는 눈물이 흘러내렸지. 그는 비르지니에게서 안티오페의 위엄과 지혜가, 그와 함께 유카리스가 겪은 불행과 자애로움이 보이는 것만 같았어. 그러나 한편으로 폴은 우리 시대에 유행하던, 음탕한 풍속과 외설적인 금언이 가득한 소설을 읽고 아주 충격을 받았다네. 그리고 이런 소설들이야말로 유럽 사회의 진정한 모습을 담고 있다는 것을 알았을 때 그는, 그리 판단할 만한 근거가 아예 없는 것도 아니었던지라, 비르지니가 그런 식으로 타락해서 자기를 잊게 될까 두려워했어.

사실 1년 반 넘는 세월이 흘렀는데도, 라 투르 부인은 이모님한테서든 딸한테서든 아무 소식도 듣지 못하고 있었다네.

• 프랑수아 페늘롱(1651~1715)이 1699년 발간한 모험담으로, 18세기 독자들에게 가장 많이 읽힌 작품 중 하나. 호메로스의 서사시 《일리아드》와 《오디세이아》를 바탕으로 재구성된 이 작품은 오디세우스의 아들 텔레마코스가 스승 멘토르와 함께 모험하면서 훌륭한 통치자가 갖추어야 할 덕목을 익히게 된다는 내용을 담고 있다.

다만 외국의 소식통을 통해 딸이 무사히 프랑스에 도착했다는 것 정도만 알게 되었지. 마침내 부인은 인도로 향하는 배편에서 소포 한 상자와 비르지니가 직접 쓴 편지 한 통을 받았네. 어질고 사려 깊은 딸의 조심성에도 불구하고, 라 투르 부인은 비르지니가 매우 불행하다는 것을 알아차렸지. 그 편지는 비르지니가 처한 상황과 그 아이의 성격을 아주 잘 그려주고 있었기에, 내 단어 하나하나 거의 한 자도 빠짐없이 기억하고 있다네.

친애하는, 누구보다도 아끼고 사랑하는 엄마에게,

어머니께 벌써 여러 통의 편지를 직접 써서 보냈지만, 아무런 답장을 받지 못했으니, 아무래도 그 편지들이 어머니께 닿지 못했을까 우려되는 것이 사실입니다. 제 소식을 어머니께 전하기 위해, 그리고 어머니의 소식을 전해받기 위해 신중에 신중을 기했으니, 이번 것은 사정이 더 좋길 바랍니다.
어머니와 헤어지고 나서부터 눈물을 아주 많이 쏟았습니다. 남들의 불행이 아니고서야 거의 울어본 적 없었던 제가 말이에요! 제가 도착했을 때 이모할머님께서는 매우 놀라셨어요. 그러곤 뭘 잘하는지 물으시길래, 저는 읽을 줄도 쓸 줄도 모른다고 말씀드렸죠. 그분께서는 그럼 세상에 태어나 여태까지 뭘 배웠느냐고 여쭈셨고, 제가 집안일을 돌보고 어머니의 말씀을 잘 듣는 것을 배웠다고 하자, 저보고 하녀 교육을 받았다고 말씀하셨어요. 당장 다음 날부터 이모할머님께서는 저를 파리 근교의 큰 수도원 기숙사에 집어넣으셨답니다. 그곳에서 저는 온갖 분야의 스승을 두게 되었어요. 그분들이 저를 가르쳐주셨는데, 그중에서도 주로 역사, 지리, 문법, 수학을 공부했고 말 타는 법까지 배웠답니다. 그러나 이 모든 학문을 소화하기엔 제 자질이 너무 부족해서, 이 선생님들로부터 많은 것을 얻어 가지는 못할 거예요. 선생님들이 절 보고 말씀하시는 것처럼, 머리가 나쁜 불쌍한 애라는 생각이 듭니다. 그러는 와중에도 이모할머님의 애정은 결코 식는 법이 없습니다. 매 계절마다 새 드레스를 해주셔요. 또 하녀 둘을 제 곁에 두셨는데, 그들마저 귀부인들처럼 옷을 잘 차려입고 있답니다. 이모할머님께서 저한테 백작부인이라는 칭호를 쓰라고 하시면서, 라 투르라는 원래 성은 버리라고 하셨어요. 어머니께서 제게 들려주신, 아버지가 어머니와 결혼하기 위해 갖은 고생을 겪었던 사연 하나하나가 마음에 남아, 제겐 어머니 당신만큼이나 소중한 이름인데도 말이에요. 할머님께서는 어머니가 결혼으로 얻은 성을 다시 어머니 가문의 성으로 바꿔버리셨는데, 그렇지만 그 이름도 어머니께서 결혼 전에 쓰시던 성이니까 저한테는 또 소중하답니다. 이토록 훌륭한 여건이 갖추어진 저 자신을 보면서, 저는 어머니께 얼마라도 도움이 될 만한 것을 보낼 수 없겠느냐고 할머님께 애원했어요. 그분의 대답을 어떻게 전해드려야 좋을까요? 하지만 바라건대 언제나 진실을 말해야 한다고 하셨죠. 그러니까 할머님께서는 얼마 되지도 않는 것은 어머니에게 아무런 도움이 되지 않을 것이고, 어머니께서 꾸려나가는 소박한 삶에는 뭐가 많다는 것이 오히려 거북스러울 것이라고 답하셨답니다. 처음에는 제 손으로는 직접 할 줄 몰라서, 낯선 이의 손을 빌려 어머니께 제 소식을 전하려 했습니다. 그러나 이곳에 와서는 믿을 수 있는 사람이 단 한 명도 없다보니, 밤낮으로 읽고 쓰는 법을 배우는 데 열중했습니다. 하느님이 도우셨는지, 덕분에 얼마 되지 않아서 곧잘 해낼 수 있었어요. 처음으로 쓴 편지들은 제 주변을 지키는 수녀님들께 부탁해서 보내달라고 했습니다만, 제가 판단하기로는 아무래도 그걸 그대로 이모할머님께 전달했던 것 같아요. 이번에는 기숙사 생활을 하는 한 친구에게 부탁했습니다. 부디 어머니의 답장일랑 여기 동봉된 이 친구의 주소로 보내주시면 좋겠습니다. 이모할머님께서는 바깥으로의 서신 왕래를 금하셨어요. 그분 말씀에 따르면, 그것이 할머님께서 제게 마련해두신 원대한 계획에 방해가 될 수도 있다고요. 창살 너머로 저를 볼 수 있는 사람은 이모할머님뿐이니, 말씀하시기를 친구분들 중 나이 많은 영주 한 분께서 제 외모를 아주 마음에 들어 했다더군요. 사실대로 말하자면, 제가 다른 누군가를 마음에 품을 수 있다 하더라도, 그 사람에게만큼은 마음이 전혀 없답니다.

저는 휘황찬란한 재산에 둘러싸여 살고 있지만, 1수짜리 동전 하나 제 마음대로 쓸 수 없습니다. 제가 돈을 가지게 되면 그로 말미암아 사달이 날 거라고들 하더군요. 심지어 제가 입는 드레스도 제 하녀들 것이라서, 제가 옷을 벗기도 전에 그걸 서로 가지겠다고 싸우곤 합니다. 부귀를 누린다고 하나, 저는 어머니와 함께했던 시절보다 훨씬 더 가난합니다. 베풀 것이 아무것도 없으니까요. 제가 가르침을 받아 훌륭한 능력을 갖춘들, 아주 미미한 선행이나마 쉬이 베풀 수 있는 힘 따윈 주어지지 않는다는 것을 알았을 때, 저는 그나마 다행히도 어머니께서 어떻게 쓰는지 알려주셨던 바늘에 의지했답니다. 해서 제 나름대로 만든 어머니와 마르그리트 아주머니의 스타킹 몇 켤레와, 도맹그의 니트 모자, 그리고 마리 것으로는 제가 쓰던 붉은색 머릿수건 하나를 보냅니다. 아울러 이 소포에 주전부리로 나오는 과일의 종자와 씨앗들, 그리고 쉬는 시간에 수도원 정원에서 제가 모은 온갖 종류의 나무 종자를 동봉합니다. 밭에서 채집한 제비꽃, 데이지, 미나리아재비, 개양귀비, 수레국화, 체꽃 씨앗도 그 안에 넣어두었어요. 이 나라 들판에는 우리 집 들판보다 더 예쁜 꽃들이 피어 있지만, 아무도 그 꽃들을 신경 쓰지 않습니다. 엄마도, 마르그리트 엄마도 우리의 이별과 제 눈물의 화근이었던 피아스터 동전 자루보다 이 종자들이 담긴 자루를 더 좋아하시리라 확신합니다. 언젠가 우리 바나나나무 옆에서 사과나무가 자라고, 우리 야자나무 잎사귀와 너도밤나무 잎사귀가 한데 어우러지는 모습을 보고 어머니께서 흡족해하신다면, 저로서는 큰 기쁨일 것입니다. 그러면 그토록 사랑하시는 노르망디에 와 있다는 생각이 드시겠죠.

어머니께서는 저의 기쁨도 저의 아픔도 당신께 털어놓으라 이르셨지요. 어머니와 멀리 떨어져 있는 저에겐 더 이상 아무런 기쁨이 없습니다. 저의 아픔이라는 것도, 그저 어머니께서 주님의 뜻에 따라 정해주신 자리에 있다 생각하며 누그러뜨리곤 합니다. 하지만 이곳에서 제가 느끼는 가장 큰 슬픔은, 여기 있는 어느 누구도 어머니에 대해 제게 말해주지 않는다는 것이며, 또 제가 어느 누구에게도 어머니에 대해 말할 수 없다는 것입니다. 제 하녀들, 아니 따지자면 제 이모할머님의 하녀들은, 왜냐하면 그들은 저한테 딸려 있다기보다는 할머님께 속하니까요, 제가 저한테 정말 소중한 사람들 얘기로 대화를 이끌어가려고만 하면, 이렇게 말하곤 한답니다. '아기씨, 아기씨는 이제 프랑스인이라는 걸 잊지 마세요, 그 야만인들의 나라를 잊으셔야 한다는 것도요.' 아! 제가 태어난 곳을, 어머니께서 살고 계신 곳을 잊느니 차라리 저 자신을 잊겠어요! 제겐 이 나라야말로 야만의 나라입니다. 저는 여기서 어머니가 무덤까지 가져가실 사랑을 전해달라 믿고 맡길 수 있는 사람 하나 없이, 혈혈단신으로 살아가고 있으니까요.

친애하는, 누구보다도 아끼고 사랑하는 어머니께,
당신의 착하고 말 잘 듣는 딸,

비르지니 드 라 투르 올림

어릴 때부터 저를 유독 아껴주던 마리와 도맹그에게 잘 대해주셨으면 좋겠습니다. 숲에 있던 저를 찾아내준 피델도 저 대신 많이 쓰다듬어주셔요.

폴은 비르지니가, 옛일을 추억하며 집에서 기르던 강아지까지도 잊지 않은 그녀가 자기에 대해서는 한마디도 하지 않았다는 점에 아연실색했네. 하여간 폴은 여자의 편지란 아무리 길더라도, 애지중지 아껴온 생각은 맨 나중에 가서야 쓴다는 것을 몰랐던 게지.

비르지니는 추신을 쓰면서, 폴에게만 따로 제비꽃과 체꽃 두 종의 씨앗을 부탁해두었어. 그러면서 이 식물의 특성과 파종하기에 가장 적합한 장소에 대한 몇 가지 설명을 곁들였네. 비르지니는 폴에게 "제비꽃은 짙은 보랏빛의 작은 꽃을 피우는데, 덤불 밑에 숨는 것을 좋아해. 하지만 그 향기가 매혹적이라서 꽃이 있는 곳을 금방 찾게 돼"라고 전했어. 씨앗은 샘가에 있는 자기 야자나무 발치에 심어달라고 했지. 그리고 덧붙이길, "체꽃은 엷은 파란색의 작은 꽃을 피우거나, 검은 바탕에 하얀 술이 총총히 수 놓인 꽃을 피우기도 해. 마치 상복을 입은 것 같달까. 이런 이유로 사람들은 과부꽃이라고 부르기도 하는데, 이 꽃은 땅이 험궂고 바람이 많이 부는 곳을 좋아해"라고 했어. 비르지니는 마지막 밤에 자기와 이야기를 나눴던 바위에 그 씨앗을 심고, 그 바위에 자신에 대한 사랑을 담아 '이별 바위'라는 이름을 붙여달라고 부탁했네.

비르지니는 이 두 씨앗을 작은 주머니 하나에 꼼꼼히 챙겨 넣었는데, 천의 감은 아주 수수했으나, 폴이 거기서 하나로 얽힌 형태의 P 자와 V 자를 보고, 또 그 예쁜 모습으로 미루어 보건대 그것이 곧 비르지니의 머리카락으로 만들어졌다는 것을 알아차렸을 때, 그 주머니는 그야말로 값을 매길 수 없을 정도로 귀중한 것으로 여겨졌지.

이 섬세하고 고결한 아가씨의 편지는 온 가족의 눈물을 자아냈다네. 비르지니의 어머니는 이 가족공동체를 대표하여, 거기 머무르든 돌아오든 좋을 대로 하라는 답을 전하며, 그녀가 떠난 이후 모두가 행복 중에서도 가장 큰 몫의 행복을 잃었고, 특히 자기로서는 슬픔을 달랠 길이 없다는 점을 확실히 말해주었어.

폴은 비르지니에게 아주 긴 편지를 써서, 정원을 그녀에게 걸맞게 만들 것이라며, 그녀가 바느질로 자기들의 이름을 엮어두었듯이 그 정원에다가 유럽 식물과 아프리카 식물이 잘 어우러지도록 만들겠다고 약속했네. 폴은 비르지니의 샘에 있는 야자나무에서 완전히 잘 익은 야자열매를 따서 같이 보내주었어. 그러면서 덧붙이길, 섬에서 자라는 다른 식물들의 씨앗은 하나도 넣지 않았다며, 그러면 섬에서 나는 작물을 다시 보고 싶어서라도 하루빨리 돌아올 결심을 할 수 있으리라고 했지. 폴은 비르지니에게 가족들의 간절한 소망을 가능한 한 빨리 들어주기를, 아니 아무래도 그녀와 멀리 떨어진 이후로는 아무런 기쁨도 느낄 수 없으니, 다른 누구보다도 자기의 간절한 소망을 최대한 빨리 들어주기를 간곡히 부탁했다네.

폴은 유럽에서 온 씨앗, 특히 제비꽃 씨앗과 체꽃 씨앗을 정성껏 심었는데, 거기서 필 꽃들은 그것들만 폴에게 따로 부탁했던 비르지니의 성격, 그리고 그 아이가 처한 상황과 얼마간의 유사성을 가지고 있는 듯했어. 하지만 섬까지 오는 길에 상해버렸는지, 아니면 아프리카에서도 이 지역의 기후가 잘 맞지 않았는지, 그중 아주 적은 수만 싹을 틔웠을 뿐, 그조차도 완벽한 형태로는 자라지 못했네.

그러던 중 질투가, 특히 프랑스 식민지에서는 사람들의 행복까지도 능가해버리곤 하는 질투가 섬에 별의별 소문을 퍼뜨리면서 폴에게 많은 걱정을 안겨주었지. 비르지니의 편지를 가져온 뱃사람들은 그녀가 곧 결혼할 거라고 단언하기도 했어. 비르지니가 결혼하게 될 궁정 귀족의 이름을 들먹이는

가 하면, 심지어 식은 벌써 치렀고, 그걸 자기가 목격했다고 떠드는 이들도 있었네. 처음에 폴은 상선이 실어 나르는 소식들일랑 무시했었지. 지나가는 자리마다 허튼 소문을 지어내 퍼뜨리기 일쑤니 말이야. 하지만 급기야 섬 주민들 여럿이 간악한 동정심으로 이 사안에 달려들어 그를 측은히 여기자, 폴은 그 소문을 어느 정도 믿기 시작했어. 게다가 폴은 자기가 읽었던 몇몇 소설에서 배신이 아주 쉬운 일로 다뤄지는 것을 보았고, 그런 책들에 담긴 묘사는 유럽의 풍속을 꽤 충실하게 반영한 것임을 알고 있었기에, 라 투르 부인 댁 따님이 거기서 타락하지는 않을까, 그래서 그녀가 했던 지난날의 맹세를 잊어버리지는 않을까 걱정했다네. 그가 가진 지식이 벌써 그를 불행하게 만들고 있었어. 그 후 6개월이라는 시간이 지나는 동안 유럽에서 여러 척의 배가 들어왔지만, 그중 비르지니에 관한 소식을 전해 온 배는 단 한 척도 없었기에, 끝내 폴의 두려움은 더욱 커져만 갔다네.

이 불행한 젊은이는 온갖 혼란스러운 번뇌에 사로잡혀 종종 나를 보러 와서는, 내가 세상 경험이 많으니 거기에 비추어 자신의 불안을 확인하거나 그 불안을 떨쳐내고자 했어.

자네에게 말했다시피, 나는 여기서 1리외 반 정도 떨어진 곳, 긴 산을 따라 흐르는 작은 강변에 거처를 마련해 살고 있다네. 아내도, 자식도, 노예도 없이 나 홀로 평생을 보내온 곳이지.

우리가 천생인연의 배필을 만난다는 귀한 행복이 아니고서야, 그다음으로 가장 불행이 덜한 삶의 형태는 어쩌면 혼자 사는 삶일 걸세. 인간을 향한 불평불만이 많았던 사람은 누구나 고독을 추구하게 마련이지. 자신들이 만든 사상이든, 도덕이든, 정부든 간에 그로 인해 불행해진 모든 사람들이, 고독과 독신에 전적으로 삶을 바치는 시민계급을 숱하게 만들어냈다는 사실은 실로 놀라울 따름이야. 쇠퇴기의 이집트인들도, 동로마 제국 시절 그리스인들도 그랬지만, 또한 오늘날의 인도인들이나, 중국인들, 현대 그리스인들, 이탈리아인들, 그리고 유럽 동부 및 남부의 대부분 민족들도 마찬가지라네. 고독은 사회적 불행으로부터 인간을 멀리 떨어트려놓음으로써, 부분적으로나마 그를 자연의 행복으로 되돌려놓는 게야. 수많은 편견으로 분열된 우리 사회 한복판에서, 영혼은 계속되는 혼란에 빠져 있다네. 야망으로 가득 차 비참한 사회에서 서로서로를 예속시키려는 구성원들의 견해를, 요란스럽게 법석이며 모순을 일으키는 그 수천 가지의 견해를 끊임없이 자기 안에 되새기는 거야. 그러나 고독 속에서라면, 영혼은 자길 괴롭히는 그런 이질적인 환상들을 버려버린다네. 자기 자신과, 자연과, 조물주에 대한 질박한 감정을 되찾게 되는 게지. 이와 마찬가지로 급류를 이루어 논밭을 황폐화시키던 흙탕물은 원래 흐르던 방향에서 비켜나 어느 작은 분지로 쏟아지듯 흘러들면서, 진흙은 강바닥 깊숙한 곳에다가 버려두고,

최초의 청아함을 되찾고 다시 투명해지니, 그렇게 본디 자신이 있던 기슭으로 돌아가 대지의 녹음과 창공의 빛을 반사하게 된다네. 고독은 육체의 조화뿐 아니라 영혼의 조화까지도 회복시켜주는 게지. 인생이라는 행로를 가장 멀리까지 밀어붙이는 사람들은 그래, 계급적으로 고독한 자들 중에 나오는 게야. 인도의 브라만처럼 말이야. 요컨대 나는 이 세상 자체가 그 안에서의 행복을 위해서는 고독을 꼭 필요로 한다고 생각하네. 그만큼 내적 고독을 스스로 만들어내 우리 자신의 견해는 빠져나가지 않고, 남의 의견은 결코 들어오지 못하도록 하지 않는다면, 이 세상 어떤 감정이든 거기서 지속적인 기쁨을 맛보기란, 혹은 어떤 굳건한 원칙에 입각해 자신의 행동을 결정하기란 불가능할 것 같네. 그렇다고 해서 인간이 절대적으로 혼자 살아야 한다는 뜻은 아닐세. 인간은 가지가지 욕구에 의해 온 인류와 연결되어 있기에, 한 인간은 다른 인간들에게 자신의 업을 빚지고 있으며, 물론 남아 있는 자연에도 이바지할 의무가 있는 셈이지. 하지만 신께서 우리 각자에게 땅을 걸으라 두 발을, 공기를 마시라 양 허파를, 빛을 보라 두 눈을, 그렇게 우리가 살고 있는 지구의 요소들과 완벽하게 조화를 이루는 여러 신체 기관을 주시면서 이러한 감각의 용법을 우리가 뒤바꿀 수 없게끔 하셨으니, 가장 중요한 기관인 심장은 오로지 생명의 창조주이신 당신을 위한 것으로 정해두셨다네.

그래서 나는 내가 섬기길 바랐던 사람들에게서도, 나를 박해했던 사람들에게서도 멀리 떨어져 하루하루를 지내왔네. 유럽 대륙 대부분과 아메리카 및 아프리카의 몇몇 지역을 여행한 뒤, 온화한 기온과 특유의 고독한 분위기에 매료되어 사람이 적게 사는 이 섬에 정착했던 게야. 숲속 나무 밑동에 손수 지은 오두막집 하나, 내 손으로 개간한 작은 밭 하나, 문 앞을 흐르는 강 하나면 살아가는 데 필요한 것도, 살아가는 기쁨도 충분하다네. 나는 이런 삶의 낙에다가, 더 나은 사람이 되는 법을 알려주는 몇몇 좋은 책의 즐거움을 보태고 있네. 그런 책들은 내가 떠나온 바로 그 세계를 여전히 나의 행복에 소용되게 하지. 가령 그곳 사람들을 너무도 비참하게 만드는 정욕을 묘사해 보여준다거나, 그들의 운명을 나의 운명과 비교하게 만들어서, 이를 반면교사 삼아 행복을 누리게 해준다네. 마치 바위에 부딪혀 난파된 배에서 살아남은 사람처럼, 나는 고독 속에서 나머지 다른 세상에서 법석이는 폭풍우를 바라보고 있는 게지. 나의 안식은 멀리서 들려오는 풍랑 소리에 오히려 더욱 평안해진다네. 내가 가는 길 위엔 이제 사람들이 없고, 나 또한 더 이상 그들이 가는 길을 따르지 않으니, 내 더는 사람들을 미워하지 않는다네. 그저 측은하다는 생각이야. 역경에 처한 사람을 마주치는 일이 있으면, 조언을 통해 도움을 주고자 노력하고 있다네. 물가를 지나가던 행인이 급류에 휘말려 물에 빠진 불쌍한 사람에게 손을 내밀 듯이 말이야. 하지만 순진무구한 사람 외에 내 목소리에 귀 기울이는 사람을 거의 보지 못했어. 자연은 나머지 다른 인간들도 자연으로 불러들이지만 아무 소용이 없다네. 그들 각자는 제 나름의 정욕을 들씌워 자연의 형상을 만들어버리는 게야. 평생을 이 헛된 환상을 좇아 길을 잃고, 그러다가 저 스스로 저지른 잘못을 하늘에 대고 불평하지. 이따금 자연으로 다시 돌려놓으리라 노력했던 수많은 불행한 사람들 중에, 나름 비참하다는 자기 처지에 심취해 있지 않은 사람일랑 내 단 한 명도 보지 못했어. 처음에는 명예나 부를 얻을 수 있게 도와주리라 기대하며 내 말을 경청했지만, 내가 그런 것들 없이도 잘 지내는 방법 외에는 가르쳐줄 생각이 없다는 것을 알고는, 그저 그들이 좇는 불행한 행복을 좇지 않는다며 나를 불쌍한 사람이라 여기더군. 그러더니 나의 홀로 사는 삶을 비난했고, 오로지 자신들만이 인간에 쓸모가 있다고 우기더니, 급기야 자신들이 빠져든 소용돌이로 나를 끌어들이려 애썼다네. 그러나 내가 세상 모든 이들과 터놓고 이야기를 나눈다고 해서 아무에게나 내 속마음을 털어놓는 것은 아닐세. 대개는 나 자신을 위한 교훈을 내게 요긴하게 쓰는 것만으로도 충분하니까. 나는 현재의 평온함 속에서 지난날을 살아오며 내가 그토록 중요하다 여기고 몸부림쳤던 마음의 불안들, 그러니까 후원이니, 재산이니, 명성이니, 쾌락이니 하는 것들이나, 또 지구상 모든 곳에서 서로 싸워대는 사상 따위를 돌이켜보곤 한다네. 숱한 사람들이 그런 망상에 빠져 그악하게 싸우는 것을 보아왔던바, 이제 그 사람들은 사라지고 없지만, 나는 우리 집 앞을 흐르는 강의 물결에 그들을 비교해보곤 하지. 강 밑바닥 바위에 부딪히면 거품을 일으키며 부서지고 마는, 그렇게 사라져 다시는 돌아오지 않는 그런 물결에 말이야. 나로서는 그저 편안하게 시간의 강이 나를 이끌어가도록, 더는 어디에서도 땅과 닿지 않는 미래의 대양으로 흘러가도록 내버려둔다네. 자연의 현재 있는 그대로의 조화로운 광경을 마주하고 그 조물주를 향해 몸을 일으켜, 다음 세상에서 있을 더 행복한 운명을 희원한다네.

비록 내 외진 오두막은 숲 한가운데 있어, 지금 우리가 있는 이 높은 곳에서 내려다보이는 저 많은 것들이 보이지는 않지만, 특히 나처럼 바깥으로 드러내기보다 자기 안으로 파고들어가는 것을 더 좋아하는 사람에게는 흥미로운 모양새를 드러내곤 하지. 우리 집 문 앞을 흐르는 강은 숲을 가로질러 일직선으로 흐르는 덕분에 긴 수로를 선사해주고, 그곳에는 온갖 종류의 잎이 달린 나무들이 그늘을 드리운다네. 타타마카나무, 흑단나무, 여기서는 사과나무라고 부르는 나무, 올리브나무, 계피나무 따위가 있지. 또 작은 수림을 이루는 야자나무가 여기저기서 자라는데, 이 나무들은 꼭대기에 야자수 꽃다발을 이고서, 100피에도 넘게 길쭉하고 헐벗은 몸통을 드러내, 마치 하나의 숲 위에 심어진 또 다른 숲처럼 다른 나무들 위로 솟아 있다네. 이 야자나무 수림에는 각양각색의 잎이 무성한 리아나 덩굴이 달라붙어 있어, 한 나무에서 다른 나무로 스스로를 얽어 휘감고 있는데, 그것이 한쪽에서는 꽃으로 이루어진 아치형 통로를, 다른 한쪽에서는 초목으로 뒤덮인 긴 휘장을 이루고 있지. 이런 나무들은 대개 향긋한 냄새를 풍기는데, 그 향이 옷 자체에 너무 강렬하게 배기 때문에, 숲에서 나온 지 몇 시간이 지나도 방금 숲을 가로질러 나온 사람이라고 느껴질 정도일세. 꽃을 피우는 계절이 되면, 자네라면 아마 그 나무들이 반쯤 눈에 덮여 있다고 말할지도 모르겠네. 여름이 끝날 무렵이면, 몇몇 외래종 새들이 불가사의한 본능에 이끌려 광활한 저 바다 너머에 있는 미지의 고장에서 날아와 이 섬 식물들의 씨앗을 입에 담는데, 그럴 때면 햇볕에 점차 갈색으로 물들어가던 숲의 녹음에 새들의 선명한 색채가 더해져 그 대비가 두드러지지. 다른 종들 중에서도 특히 여러 종의 잉꼬와 여기서는 네덜란드 비둘기라 불리는 푸르스름한 비둘기가 그렇다네. 이 숲에 살고 있는 토착종 원숭이들은 거뭇한 나뭇가지를 타고 노는데, 초록빛 회색이 감도는 털과 새까만 얼굴로 또렷이 부각되지. 개중 몇몇은 나뭇가지에 꼬리를 감고 매달려 공중에서 몸을 흔들고, 또 몇몇은 팔에 새끼를 안고 이 가지에서 저 가지로 뛰어다닌다네. 사냥총이 자연이 낳은 이 평화로운 아이들을 죽이겠다며 겁박하는 일도 없지. 들리는 것이라곤 오로지 환호하는 울음소리며 냇물이 졸졸 흐르는 소리, 남극지방에서 날아온 가지가지 새들이 지저귀는 이색적인 소리뿐, 이 소리들은 숲의 메아리를 타고 저 멀리까지 울려 퍼진다네. 강은 물에 잠긴 바윗등에 거품을 일으키며 나무와 나무 사이를 가로질러 흐르고, 그 맑은 물속 군데군데 녹음과 그늘이 어우러져 고아하게 군락을 이룬 나무들과 그곳을 살아가는 행복한 존재들의 생동을 비춰주곤 했어. 거기서 수천 걸음 떨어진 곳으로 가면, 강이 계단처럼 겹겹이 층을 이룬 바위로 떨어지기에, 떨어져 내린 강물은 마치 수정처럼 고르고 깨끗한 수면을 이루다가 다시 아래로 쏟아지면서 부글부글 끓는 거품과 함께 깨져버린다네. 이렇듯 파란만장을 겪는 물에서 혼란스럽게 웅성대는 소리가 수천 가지로 흘러나와 숲속에 이는 바람에 흩어지는데, 그 소리가 때로는 멀리 달아나기도, 또 때로는 한꺼번에 가까이 몰려들어 여느 대성당에서 울려오는 종소리처럼 귀가 먹먹해지기도 하지. 물이 움직임에 따라 끊임없이 새것으로 바뀌는 공기 덕분에, 여름의 후끈한 열기에도 불구하고, 이 섬의 산 최정상이라 해도 찾아보기 힘든 녹음과 상쾌함이 이 강변에서는 잘 유지되고 있다네.

거기서 조금 떨어진 곳에 가면 바위 하나가 있는데, 물소리가 귀를 먹먹하게 하지 않을 만큼 폭포에서는 꽤 멀리 있지만, 그곳의 경치나 상쾌함, 그리고 도란도란 흐르는 물소리가 즐기기 딱 좋을 만큼 충분히 가까운 곳이지. 우리는, 그러니까 라 투르 부인과 마르그리트, 비르지니와 폴, 그리고 나까지 해서 가끔 극심한 무더위를 피해 그 바위 그늘로 밥을 먹으러 가곤 했어. 비르지니는 가장 평범한 행실에 있어서도 늘 다른 사람들에게 좋은 쪽으로 다잡아왔기에, 그 땅에 씨앗이나 종자를 심기 전까지는 들판에서 과일 하나 따 먹지 않았다네. 그 아이는 "저기서 나무들이 자라나 어느 여행자에게, 아니면 적어도 한 마리 새에게라도 과일을 선사해줄 수 있을 거예요"라고 말하곤 했어. 그러던 어느 날 비르지니는 이 바위 기슭에서 파파야를 하나 따 먹고, 그 과일의 씨앗을 심었다네. 얼마 지나지 않아 그 자리에서 파파야나무 몇 그루가 자라났는데, 그중에는 암나무, 즉 열매를 맺는 나무가 한 그루 있었지. 이 나무는 비르지니가 떠날 때만 해도 키가 그 아이의 무릎 정도밖에 되지 않았지만, 빠르게 자라더니 2년 뒤에는 높이가 20피에에 달했고, 꼭대기에는 잘 익은 열매가 열을 지어 몸통 줄기를 감싸고 있었다네. 폴은 우연히 이곳에 왔다가, 지난날 여자친구가 심는 모습을 지켜보았던 아주 작은 씨앗 하나에서 이토록 커다란 나무가 자라난 것을 보고 마음속 가득 기쁨이 차올랐으나, 그 모습이 동시에 그녀의 오랜 부재를 표시해준다는 사실을 깨닫고 깊은 슬픔에 사로잡혔네. 우리가 늘 보는 사물들은 우리로 하여금 이 삶의 빠른 속도를 인식하게 해주지 못하네. 그런 것들은 우리와 함께 늙어가는 법이지만, 그 노화의 진행이란 느끼기조차 어려워. 그러나 몇 년 동안 시야에서 놓쳤다가 갑자기 다시 보게 되는 그런 사물들은, 우리가 살아가는 나날이 강물처럼 얼마나 빠르게 흘러가는지 우리에게 경고해준다네. 폴은 열매가 주렁주렁 매달린 이 커다란 파파야나무를 보고 놀라기도 했지만, 또한 당혹스럽기도 했어. 그 모습은 마치 오랜 세월 고국을 떠났다가 돌아와, 자기와 같은 시대를 살았던 자들일랑 더 이상 찾지 못하고, 떠나면서 겨우 어미젖을 물렸을 뿐인 자식들이 벌써 한 가정의 아버지가 되어버린 것을 보고 놀라 당혹스러워하는 여행자와 다르지 않았네. 폴은 때로 이 나무만 보면 비르지니가 떠난 이후 더디게 흘러가버린 시간에 너무 예민하게 반응하게 돼버리는 바람에 나무를 베어버리고 싶기도 했고, 또 때로는 비르지니의 덕행을 상징하는 기념비로 여기며 그 나무줄기에 입을 맞추고 사랑과 회한이 가득 담긴 말을 건네기도 했지. 오, 우리네 숲에 아직까지 후손이 남아 있는 나무여, 나 자신은 로마인들의 개선문을 볼 때보다 더 큰 공감과 존경을 가지고 당신을 보아왔습니다! 매일같이 왕들의 야망이 이룩한 기념비를 허무는 자연이시여, 이 숲에서만큼은 어리고 가련한 한 소녀의 덕행이 담긴 저 기념비를 번성케 하여 주시옵소서!

그래서 내게는 폴이 우리 동네에 오는 날엔 이 파파야나무 아래서 그를 마주치리라는 확신이 있었네. 어느 날엔가 나는 우울함에 짓눌려 있는 폴을 발견하고 대화를 나누었는데, 만약 내 긴긴 여담이, 물론 내 나이도 나이지만 내 마지막 우정임을 고려해 그냥 넘어가줄 만도 한 것이겠으나, 자네를 너무 지루하게 하는 것만 아니라면, 이제부터 그걸 들려줄 생각일세. 나는 자네가 이 청년의 타고난 분별력을 판단할 수 있게끔 실제 대화 형식으로 들려주겠네. 그러면 그의 질문과 나의 대답이 진행되는 방향으로 미루어 보아 말하는 사람이 누가 누구인지 구분하기 쉬울 게야.

그가 내게 이렇게 말했네.

"저는 너무 애통합니다. 라 투르 아가씨가 떠난 지 벌써 2년 2개월이나 지났고, 8개월 하고도 또 반이 지나는 동안 전해진 소식이 아무것도 없어요. 그녀는 부자고, 나는 가난합니다. 그래, 그녀는 나를 잊어버린 거겠죠. 배를 타야겠습니다. 프랑스에 가서 왕을 섬기고 재산을 모을 겁니다. 그렇게 훌륭한 영주가 될 거고, 그러면 라 투르 아가씨의 이모할머님께서 자기 종손녀와 결혼하라고 그녀를 내어주시겠지요."

노인

"하, 이 친구야! 자네는 귀족 출신이 아니라고 하지 않았는가?"

폴

"저희 어머니께서 그렇게 말씀하셨다는 거죠. 저로서는 귀족 출신이라는 것이 무엇인지 알지 못하니까요. 저는 제가 다른 사람보다 낮은 신분을 가지고 태어났다는 것도, 다른 사람들이 저보다 높은 신분을 가지고 태어났다는 것도 몰랐어요."

노인

"출신에 흠결이 있으면 자네한테는 프랑스에서 출세하는 길이 막혀버린다네. 더군다나 명문가 자제들이 모이는 집단이라면 어디에도 받아들여지지 않을 걸세."

폴

"프랑스가 위대한 이유 중 하나가 가장 천한 사람이라도 뭐든 이룰 수 있다는 점에 있다고 여러 번 말씀하셨잖아요. 그리고 낮은 신분 출신으로 조국에 영예를 안겨준 많은 유명한 사람들의 말을 따와서 말씀하셨잖아요. 그래, 아저씨는 내 용기를 꺾고 싶으신가보죠?"

노인

"여보게, 내가 자네의 기를 꺾을 일은 없을 걸세. 자네에게 말해줬던 것은 과거에 해당하는 진실이네. 그렇지만 지금은 상황이 많이 변했지. 이제 프랑스에서는 모든 것이 돈이면 된다더군. 작금의 프랑스에서는 모든 것이 몇몇 소수 가문의 재산이거나, 몇몇 집단에서 다 나눠 갖고 있다네. 왕은 유수의 귀족이나 집단들이 구름처럼 감싸고 있는 태양이야. 그 햇살이 한 줄기라도 자네에게 내린다는 것은 거의 불가능에 가깝지. 예전에는 행정이 좀 덜 까다로웠으니 그런 일이 종종 눈에 띄었어. 그래서 그때는 모든 분야에서 유능한 인재들이 성장했고 성과가 커졌다네. 마치 새로운 땅이 개간되면서 그 모든 정수를 빨아먹고 수익을 내는 것처럼 말이야. 그러나 사람을 잘 볼 줄 알고 잘 뽑을 줄도 아는 위대한 왕은 흔치 않은 법이지. 일반 왕들은 귀족이나 집단이 세력을 휘두르면 거기에 의탁하는 수밖에 없다네."

폴

"하지만 어쩌면 그런 귀족들 중 저를 후원해줄 사람 하나 정도는 찾을지도 모르죠."

노인

"귀족들의 비호를 받기 위해서는 그들의 야망이나 그들의 향락을 채우는 데 도움이 되어야만 한다네. 천한 태생인 데다가 사람이 올곧기 때문에 자네는 결코 그런 일을 해내지 못할 게야."

폴

"하지만 저는 더없이 용감하게 행동할 겁니다. 약속은 성실하게 지킬 것이며, 주어진 임무에는 철저할 것이고, 우의를 나눔에 있어서는 헌신적이며 한결같을 것입니다. 기어코 그 귀족들 중 누군가가 저를 양자로 들이고자 할 정도로요. 그런 일이 생기기도 한다는 것을 아저씨께서 읽어주셨던 옛이야기에서 봐왔으니까요."

노인

"아, 이 친구야! 그리스인들이나 로마인들 사이에서라면, 심지어 저들 문명이 몰락하는 와중에도 권세가들은 덕성을 존중했다네. 하지만 우리 사회 온갖 분야에 서민 계급 출신으로 출세한 사람이 한 무더기 있더라도, 개중 귀족 가문에 입양되었다는 사람은 내 단 한 명도 알지 못해. 덕성이란, 우리네 왕들이 없다면, 프랑스에서는 언제까지나 서민적인 것이라며 단죄되었을지도 모르는 것일세. 말했다시피, 왕들은 그나마 덕성을 깨달을 때면 더러 덕성을 숭앙하기도 하지만, 오늘날에는 덕성에 주어졌던 영예가 하나같이 돈에만 주어진다네."

폴

"지체 높은 가문이 없으면, 세력 있는 집단을 찾아 잘 보이도록 해봐야겠네요. 기풍이든 사상이든 전적으로 신봉할 겁니다. 절 좋아하게 만들 거예요."

노인

"그럼 자네도 다른 사람들처럼 하겠다는 말인가? 재력을 얻기 위해 양심을 버리겠다는 겐가?"

폴

"아니에요! 저는 오로지 진리만을 추구할 겁니다."

노인

"자네를 좋아하게 만들긴커녕 아주 미워하게 만들지 않을까 싶네. 게다가 집단이라는 곳은 진리를 추구하는 데에는 크게 관심이 없어. 야심가들에게 있어서 사상이란, 그들이 지배하는 한 무엇이어도 상관없는 것이지."

폴

"저는 왜 이렇게 불행한 겁니까! 모든 것이 절 밀어내고 있어요. 비르지니랑 멀리 떨어져서, 비루한 삶에 보잘것없는 일이나 하게 생겼어요."

그러고는 폴은 한숨을 푹 쉬었네.

노인

"하느님께서 자네의 유일한 주인이 되시고, 인류 전체가 자네의 세력이 되기를! 자네가 하느님께, 그리고 인류에게 늘 충실하기를! 가족이든, 집단이든, 민족이든, 왕이든, 그들은 나름의 편견과 나름의 정욕을 가지고 있어, 종종 악행으로 섬겨야만 하지. 신과 인류는 우리에게 덕행만을 요구한다네.

그런데 왜 자네는 다른 사람들보다 우월하기를 원하는가? 그것은 자연스럽지 못한 감정이야. 왜냐하면, 만약 각각의 개인이 그런 감정을 가지고 있다면, 모두가 자신의 이웃과 전쟁 상태에 있을 것이기 때문이지. 신의 섭리가 주어준 신분 안에서 자네의 의무를 다하는 것으로 만족하게나. 자네의 운명을 축복하게나. 자네의 운명은 자네가 양심을 가질 수 있도록 해주고, 권세가들처럼 소인배들의 사상에 자네의 행복을 끼워 맞추라 강요하지 않으며, 또한 소인배들처럼 밥벌이할 거리를 얻기 위해 권세가들 밑을 기어가라 강요하지 않음이야. 자네가 있는 나라, 자네에게 갖춰진 여건 안에서는 유럽에서 부를 추구하는 대부분의 사람들이 하는 것처럼, 살아남기 위해 남을 속일 필요도, 아첨할 필요도, 자기 스스로 가치를 깎아내릴 필요도 없다네. 그 안에서는 자네의 신분으로 말미암아 어떠한 덕성도 금기시되지 않으니, 자네는 손해 보는 일 하나 없이 선량하고, 진실되고, 성실하고, 교양 있고, 인내심 강하고, 절도 있고, 순결하고, 너그럽고, 효심 지극한 사람일 수 있지. 아직 꽃을 피우기만 했을 뿐인 자네의 지혜를 말라죽게 하려는 어떤 조롱도 없이 말이야. 하늘은 자네에게 자유와, 건강과, 양심과, 친구를 주었지. 그러나 자네가 신임을 구하길 갈망하는 그 왕들은 그토록 큰 행복은 누리지 못한다네."

폴

"그래서요! 제겐 비르지니가 없잖아요! 그녀가 없으면 저는 아무것도 없는 사람이지만, 그녀가 있으면 저는 세상 전부를 가진 사람일 거예요. 오로지 그녀만이 나의 가문이자, 나의 명예이며, 나의 재산입니다. 하지만 결국 그 집 할머님은 훌륭한 가문의 사내를 남편감으로 삼고 싶어 하시니, 공부를 하고 책을 가까이하면 누구나 박식해지고 유명해지지 않겠습니까. 그러니 공부하러 가겠습니다. 학식을 쌓겠습니다. 누구에게도 해를 끼치지 않고, 누구에게도 의존하지 않고, 다만 쓸모 있는 사람이 되어 나의 지식으로 조국을 섬길 것입니다. 그렇게 유명해질 겁니다. 그러면 나의 영광은 오로지 나의 것일 테죠."

노인

"이보게, 재능은 출신 가문이나 재물보다 훨씬 더 귀한 것일세. 아니, 어쩌면 재능이란 훨씬 막대한 재산이라고 할 수 있지. 어떤 것도 그것을 빼앗을 수 없고, 또 어디서나 대중의 존경을 받게 해주니까. 하지만 재능을 얻기까지는 많은 희생이 따르는 법이네. 온갖 종류의 궁핍을 겪고, 안팎으로 우리를 불행하게 하는 극도로 섬세한 감수성이 있어야만, 또 동시대 사람들의 핍박을 이겨내야만 획득되는 것이야. 프랑스에서는 법의를 입은 자가 군인의 명예를 질시하지 않고, 군인은 바닷사람의 영광을 부러워하지 않네. 그러나 프랑스에서는 모두가 자기는 기지가 넘친다 자부하는 까닭에 자네가 가는 길을 막으려 들 걸세. 사람들을 섬기겠다고 말했나? 하지만 땅에서 한 단도 더 되는 밀을 수확해내는 이야말로 책 한 권을 주는 이보다 사람들에게 더 큰 도움을 주는 게야."

폴

"아! 이 파파야나무를 심었던 여인은 이 숲의 주민들에게 도서관을 지어서 주었을 것보다 더 유용하고 더 따뜻한 선물을 해준 셈이군요."

그러면서 동시에 그는 그 나무를 품에 안고 정열적으로 키스를 퍼부었다네.

노인

"세상 가장 훌륭한 책이라며 평등과, 우정과, 자비와, 화합만을 설교하는 복음서마저 수 세기 동안 유럽인들의 광기에 빌미를 제공해왔지. 공사를 막론하고 이 지구상에 아직도 얼마나 많은 폭정이 복음서의 이름으로 자행되고 있는가! 이런 마당에 과연 누가 책이 인류에 이바지하는 것이라 자부하겠나? 지혜를 설파했던 철학자 대부분의 운명이 어땠는지 떠올려보게. 그토록 유려한 시구로 지혜에 옷을 해 입혔던 호메로스는 평생 동냥이나 하며 살았지. 연설을 통해서도 행실을 통해서도 아테네 사람들에게 그토록 어진 교훈을 주었던 소크라테스는 바로 그 사람들에게 재판을 받아 독살당했어. 그의 수제자였던 플라톤은 자기를 비호해주던 바로 그 참주의 명령에 노예로 팔려 갔고. 이들보다도 앞서, 짐승에게까지 널리 자비를 베풀었던 피타고라스는 크로톤 사람들의 손에 산 채로 불태워졌네. 어디 그뿐인가? 명성이 자자한 이 인물들은 그마저도 몇몇 특징을 따와서 악의적으로 풍자한 모습으로 왜곡된 채 우리에게 전해지고, 배은망덕한 인간은 거기서 그들을 알아봤다며 기뻐하곤 하지. 그런데 그런 틈바구니에서 몇몇 이들의 명예가 우리에게까지 순수하게 왜곡 없이 전해진다면, 그것은 그 명성을 전해준 사람들이 그들과 동시대를 살았던 사람들과는 따로 떨어진 사회에서 살았기 때문일세. 그리스와 이탈리아의 들판에서 온전한 상태로 꺼낸 저 조각상들, 땅 밑 깊숙한 곳에 파묻혀 있었기에 야만인들의 포악을 피할 수 있었던 저 조각상들과 같은 것이지.

그러니까 잘 알겠지, 문(文)으로 세상을 뒤흔들 만한 명예를 얻으려면 덕성을 갖추고 있어야 하며, 또한 자네 목숨까지 바칠 준비가 되어 있어야 한다는 것을. 그런데 그런 명예가 프랑스에서 돈 많은 사람들의 흥미를 끌 수 있을 거라고 생각하나? 그 사람들이 문인들을 꽤나 걱정해주는 것은 사실이네. 그쪽 학식이 있다고 해서 고향에 가면 고위직이 마련되는 것도, 정치권력이나 궁정으로의 진출이 보장되는 것도 아니니 말이야. 부와 향락 말고는 어디에도 관심이 없는 금세기에 있어서는 누가 박해받는 일 따윈 거의 없지만, 그렇다고 지식이나 덕성이 특출한 무언가를 가져다주는 것도 아닐세. 국가로 들어오면 모든 것은 돈으로 값이 매겨지니까. 옛날에는 성직이나 사법직, 행정직 등 다양한 위치에서 확실한 보상을 얻었지만, 오늘날 문인들은 그저 책을 만드는 역할 외에는 아무데도 쓰임새가 없어진 게야. 그러나 그 결실이란, 세상 사람들이 높이 평가해주는 일은 없더라도, 늘 자신의 기원을 천상에 두어 온당한 것이지. 그래 어두컴컴하게 가려진 덕성에 빛을 비추고, 불행한 자들을 위로하며, 국가를 계몽하고, 제아무리 국왕일지라도 진실을 말하는 것이 바로 그 책들에만 특별히 주어진 운명인 것이야. 이야말로 이론의 여지 없이, 천상의 존재가 지상의 필멸자를 받들 수 있는 가장 엄숙한 임무라네. 자신의 작품이 한 세기에서 다음 세기로, 한 국가에서 다른 국가로 이어지면서, 과오를 막는 방지책이자 폭군을 막는 울타리 역할을 해줄 것이라 생각한다면, 또 추종자들이 왕을 드높이고 왕을 찬양함에도 불구하고, 그 왕들의 묘비는 망각 속으로 사라지고 그저 아무도 모르게 비천하게 살아온 삶의 한복판으로부터 대부분 왕들의 영광을 지워버릴 하나의 영광이 솟아오르리라 생각한다면, 어떤 사람이고 부를 가진 자들의 부당함이든 멸시든 떨쳐내지 못할 일이 있겠는가?"

폴

"오오! 저는 그 영광이 오로지 비르지니에게 내려지기를, 그리하여 그녀가 우주에서 가장 소중한 존재가 되기를 바랄 뿐입니다. 하지만 아저씨는 아는 것이 그렇게나 많으시니 말씀해주세요, 우리가 결혼할 수 있을까요? 저는 적어도 앞날을 헤아릴 수 있을 정도는 사리 판단이 되면 좋겠습니다."

노인

"이보게, 앞날이 헤아려지면 누가 살고 싶겠는가? 고작 불행한 일 하나 예견하는 것만으로도 우리에게는 숱하디숱한 헛된 불안이 주어진다네! 확실한 불행 하나를 내다보는 시선은 그 불행에 앞선 모든 날까지도 독살할 걸세. 우리를 둘러싸고 있는 것을 너무 깊이 파고들어가는 일도 삼가야 한다네. 말하자면 우리에게 우리의 필요를 예견하라며 성찰을 주셨던 신께서는 또한 그 성찰에 한계를 두기 위하여 욕구를 주신 게야."

폴

"아저씨 말씀대로라면, 돈만 있으면 유럽에서 위신과 명예를 얻는다는 거네요. 벵골에 가서 부자가 되고, 그런 다음 파리에 가서 비르지니와 결혼할 겁니다. 배를 타겠어요."

노인

"뭐라고! 자네 지금 비르지니 어머니도 자네 어머니도 두고 떠나겠다는 건가?"

폴

"인도로 가라고 조언했던 건 아저씨였잖아요."

노인

"그땐 비르지니라도 여기 있었지. 한데 지금은 자네가 자네 어머니와 비르지니네 어머니를 부양할 수 있는 유일한 사람이지 않은가."

폴

"비르지니가 부자 할머니의 손을 빌려 두 분을 챙길 거예요."

노인

"부자들은 자기 영예를 드높여주는 사람들 외에는 세상에서 아무도 돕지 않는단다. 그들에게는 라 투르 부인보다 긍휼히 여길 만한 친척들이 훨씬 더 많이 있으나, 이들조차 저치들의 도움을 받지 못해, 빵을 얻기 위해 자신의 자유를 희생하고, 수도원에 갇혀서는 자신의 일생을 바치고 있지."

폴

"유럽은 도대체 어떤 나라인가요! 아아! 비르지니는 이곳으로 돌아와야만 해요. 그녀에게 부자 친척이 있을 필요가 뭐가 있나요? 그 아이는 이 오두막 아래서 너무나 행복했고, 머리에 붉은 머릿수건이나 꽃만 둘러도 너무 예뻐서 그 이상 꾸밀 필요도 없었죠. 돌아와, 비르지니! 호화 저택도 부귀영화도 버려버려. 이 바위산으로 돌아와. 이 숲이 만들어주는, 우리의 야자나무가 만들어주는 그늘로 돌아와. 맙소사! 넌 지금 불행할 텐데!"

그러고 나서 그는 울기 시작했다네.

"아저씨, 저한테는 아무것도 숨기지 마세요. 제가 비르지니와 결혼할지 결혼하지 못할지 말씀해주실 수 없다면, 왕과도 말을 섞는다는 그 권세 가문 영주들이 그 아이를 보러 가는 와중에도 비르지니가 여전히 저를 사랑하는지, 적어도 그것만이라도 알려주세요."

노인

"아! 이 친구야, 비르지니가 자네를 사랑한다는 건 내 확신할 수 있는 게, 이유야 여러 가지 있겠지만 그중에서도 특히 비르지니는 정조를 아는 아이잖나."

이 말에 폴은 기쁨에 겨워, 내 목을 얼싸안았다네.

폴

"하지만 아저씨는, 제게 빌려주셨던 희곡이나 여러 책에서 묘사하는 것처럼 유럽 여자들이 거짓을 일삼는다고 생각하시나요?"

노인

"남자들이 폭군인 나라에서는 여자들이 거짓을 일삼는 법이지. 폭력은 어디에서나 간사한 꾀를 낳는 법이니 말이야."

폴

"어떻게 해서 여자들에게 폭군이 되어버리는 걸까요?"

노인

"의견도 구하지 않고 결혼을 시켜버리면, 가령 어린 여자와 늙은 남자를, 감수성이 섬세한 여자와 목석같은 남자를 짝지으면 그렇지."

폴

"왜 서로 잘 어울리는 사람들끼리, 그러니까 젊은 사람들은 젊은 사람들끼리, 사랑하는 연인들은 사랑하는 연인들끼리 결혼시키지 않는 걸까요?"

노인

“프랑스에서는 대부분의 젊은이들이 결혼을 할 만큼 충분한 재산을 가지고 있지 않으니, 그나마 나이가 들어서야 재산이 생기기 때문일세. 젊어서는 이웃집 여자들을 타락시키고, 나이 들어서는 아내의 애정을 붙잡아둘 수 없는 게지. 젊어서 남을 속였으니, 늙어서는 남한테 속을 차례가 아니겠나. 이는 세계를 지배하는 보편적 정의의 작용 중 하나일세. 이 세계에서 과잉은 늘 또 다른 과잉과 균형을 이루고 있다네. 따라서 대부분의 유럽 사람들은 이러한 이중의 혼란 속에서 일생을 보내고, 사회에서 이러한 혼란은 부의 축적이 점점 더 적은 머릿수로 집중될수록 커지지. 국가는 하나의 정원과도 같은 것인데, 거기에 작은 나무들을 가리는 키 큰 나무가 너무 비대해져버리면 작은 나무들은 싹을 틔울 수조차 없다네. 그러나 여기엔 이런 차이가 있어. 무릇 정원의 아름다움이란 몇 그루 키 큰 나무로도 생길 수 있는 것이지만, 한 국가의 번영이란 언제나 극소수의 부자들이 아니라 다수를 이루는 국민과 그 국민의 평등에 달려 있다는 점이지.”

폴

“그런데 결혼하려면 왜 부자가 되어야 하죠?”

노인

"아무것도 하지 않고 풍요 속에서 하루하루를 보내기 위해서지."

폴

"아니, 왜 아무 일도 하지 않아요? 저는 일도 잘하는데."

노인

"유럽에서는 몸을 써서 하는 일이 체면을 깎아내리기 때문일세. 육체노동이라고들 부르지. 땅을 일구는 것조차도 거기서는 모두가 가장 천대하는 일이야. 거기서는 수공업자가 농부보다 훨씬 더 존경받는다네."

폴

"뭐라고요! 사람들을 먹여 살리는 기술이 유럽에서는 천대당한다고요! 아저씨가 무슨 말씀을 하시는지 잘 이해가 안 돼요."

노인

"아아! 자연에서 자란 사람이 사회의 타락상을 이해한다는 것은 불가능한 일일세. 질서에 대해서는 명확한 관념을 가지고 있지만, 무질서에 대해서는 그렇지 못하니 말이야. 아름다움과, 덕성과, 행복은 균형을 가지고 있지만, 추함과, 악함과,

불행에는 그런 것이 없거든."

폴

"그럼 부자들은 아주 행복하겠네요! 어떤 장애물도 없을 테니, 사랑하는 사람들의 마음에 기쁨을 가득 채워줄 수 있잖아요."

노인

"그들 대부분은 온갖 쾌락에 무뎌져 있다네. 어떤 고생도 들지 않는다는, 바로 그런 이유 때문이지. 휴식의 즐거움은 피로로 살 수 있고, 먹는 즐거움은 배고픔으로, 마시는 즐거움은 목마름으로 살 수 있다는 것을 자네도 경험하지 않았나? 암, 그렇고말고! 사랑한다는 기쁨과 사랑받는다는 기쁨이란 숱한 박탈감과 희생에 의해서만 얻어지는 것이지. 부는 그들이 가진 욕구를 미리 충족시킴으로써 그러한 기쁨을 모두 앗아 간다네. 포만감에 따라오는 권태에다가 호사스러움에서 태어난 오만을 더해보게. 그것은 지극히 거대한 향락조차도 더는 즐겁게 해주지는 못할지언정, 아주 사소한 박탈감으로도 상처 입는 그런 오만일세. 천 송이 장미의 향기는 잠깐 입에 맞겠지만, 가시 하나 때문에 생기는 고통은 찔린 뒤에도 오래 지속되는 법이지. 가지가지 기쁨 한가운데 있는 고통이란 부자들에게 있어 꽃 더미 속에 있는 가시와 다름없다네. 반대로 가난한 자에게 있어, 가지가지 고통 한가운데 있는 기쁨은 가시밭 한가운데 있는 꽃 한 송이와 같지. 그래서 가난한 사람들은 그 기쁨을 생생하게 만끽한다네. 무엇이든 대비에 따라 효과가 더 커지는 게야. 자연은 만물의 균형을 이뤄두었네. 그래, 모든 것을 고려해봤을 때, 자네 생각엔 어떤 나라가 더 살기 좋은 나라인가. 희망할 것이라곤 거의 없고 온통 걱정할 거리로 넘치는 나라인가, 아니면 걱정거리라곤 거의 없고 온통 희망할 것으로 가득한 나라인가? 첫 번째 나라는 부자들이 사는 나라이고, 두 번째 나라는 가난한 사람들이 사는 나라일세. 그러나 이런 양극단이 또한 인간에게는 견디기 어려운 것이지. 인간의 행복이란 중용과 덕성에 있으니 말이야."

폴

"아저씨가 말하는 덕성은 무슨 의미인가요?"

노인

"우리 아드님! 본인 노력으로 부모를 부양하고 있는 자네에게는 그 말의 뜻을 짚어줄 필요도 없네. 덕성은 오로지 하느님 한 분만을 기쁘게 하겠다는 목적 속에서 타인의 이로움을 위해 스스로 행하는 노력이지."

폴

"아! 그렇다면 비르지니는 덕성을 갖춘 여인이로군요! 부자가 되려 했던 것도 남들에게 선행을 베풀기 위함이니, 바로 그 덕성으로 말미암은 것이었어요. 바로 그 덕성을 따라 그녀는 이 섬을 떠났던 거예요. 그러니 덕성이 그녀를 이곳에 다시 데려다줄 겁니다."

그녀가 곧 돌아오리라는 생각이 이 젊은이의 상상력에 불을 붙이자, 그의 모든 걱정은 사그라들었다네. 비르지니는 곧 도착할 것이기에 지금까지 편지를 한 통도 쓰지 않았던 거다. 순풍만 잘 만난다면 유럽에서 오는 데 그리 오래 걸리지 않을 거다! 그러면서 폴은 4500리외를 가로지르는 이 여정을 채 3개월도 되지 않는 기간에 마쳤던 배들의 이름을 하나씩 나열했네. 비르지니가 탄 배는 두 달 이상 걸리지 않을 거다. 요즘 조선공들은 학식도 풍부하고, 선원들도 아주 능숙하니까! 그러더니 비르지니를 맞이하기 위해서는 정리 정돈을 해두어야만 한다는 둥, 새로운 거처를 지어두어야겠다는 둥 말을 이어갔고, 또 언젠가 그녀가 자기 아내가 된다면 매일매일 그녀에게 가지가지 기쁨과 놀라움을 안겨주겠다는 말을 했네. 자기 아내라! ……그 생각이 폴을 황홀하게 해주었어. 아저씨, 적어도요, 라면서 그가 말하길, 아저씨는 사는 재미를 위한 것 말고는 아무것도 하지 않아도 돼요. 비르지니가 부자가 되면, 우리한테는 아저씨를 위해 일해줄 흑인들이 많이 생길 거예요. 아저씨는 늘 우리와 함께일 거고, 삶을 즐기고 노는 것 말고는 다른 걱정거리가 없을 거예요. 그러더니 폴은 기뻐서 어쩔 줄 몰라 하며, 자기가 도취된 그 기쁨을 가족에게 전해주러 갔다네.

커다란 희망 뒤에는 금세 커다란 두려움이 따르는 법이지. 지독한 정열은 늘 영혼을 반대쪽 극단으로 몰아세운다네. 바로 다음 날부터 폴은 슬픔에 짓눌린 모습으로 다시 나를 보러 오는 일이 잦아졌네. 폴은 이렇게 말했지.

"비르지니는 저한테 편지 한 통을 보내지 않네요. 유럽을 떠났으면 떠났다고 말을 했을 거예요. 아! 비르지니를 두고 떠돌던 소문들이 다 근거 있는 말들이었다고밖에 할 수 없어요! 그 이모할머니는 그녀를 명문가 귀족과 결혼시킨 거였어요. 돈에 대한 사랑이 다른 많은 사람들처럼 그녀를 타락시킨 거였어요. 여자들을 아주 잘 묘사하고 있다더니, 그만 이 책들에 나오는 정조는 그저 소설의 소재일 뿐인 거예요. 비르지니가 절개가 굳은 사람이었다면, 그녀는 자기 어머니와 나를 떠나지 않았을 겁니다. 제가 그녀를 생각하며 세월을 보내는 동안, 그녀는 저를 잊어버린 거예요. 제가 상심에 빠지는 동안, 그녀는 인생을 즐기고 있는 거예요. 아! 이런 생각이 저를 절망케 합니다. 모든 일거리가 저를 화나게 만들고 있어요. 가족 모두가 지긋지긋합니다. 인도에 전쟁이라도 선포되면 좋았을 겁니다! 거기 가서 죽어버리게요."

"이보게,"

내가 답했지.

"우리를 죽음으로 내모는 용기는 단지 한순간의 객기에 지나지 않는다네. 그건 흔히 사람들의 근거 없는 박수와 환호에 들떠서 생기는 거야. 그보다도 훨씬 희귀하고 훨씬 절실한 것이 있네. 우리로 하여금 매일매일 증인도 없이, 칭찬도 없이 삶의 역경을 이겨내도록 해주는 것이 하나 있어. 바로 인내일세. 인내는 타인의 사상이나 우리 정욕의 충동이 아니라, 하느님의 의지에 본바탕을 두고 있다네. 인내란 덕성에서 비롯한 용기인 것이야."

"아아!"

폴이 소리 질렀네.

"그렇다면 저는 덕성이라곤 하나도 없는 거예요! 온갖 것이 저를 못살게 굴고 저를 절망케 합니다."

"덕성이란,"

내가 말을 이었네.

"언제나 일정하고, 꾸준하며, 불변하는 것이지, 인간에게 당연한 몫으로 주어진 것은 아닐세. 우리를 불안하게 만드는 수많은 정념의 한복판에서, 우리의 이성은 혼란을 겪고 흐리멍덩해지기도 하지. 그러나 우리가 횃불에 다시 불을 붙이도록 해주는 등불이 있다네. 그건 바로 문학이야.

이보게, 문학은 말이야, 신이 내려준 구원일세. 문학은 우주를 다스리는 저 지혜의 빛이니, 인간은 천상의 예술에서 영감을 받아 그 빛을 이 땅에 머무르게 하는 법을 배웠던 것이야. 햇살과 닮은 문학은 빛을 비춰주고, 기쁨을 안겨주고, 따뜻한 온기를 준다네. 실로 신성한 불이지. 문학은, 마치 불처럼, 자연의 모든 것을 우리가 쓰기 알맞게 만들어주는 게야. 문학을 통해 우리는 사물들이며, 장소들이며, 사람들, 시간들까지도 우리 주위에 하나로 모아두는 게지. 우리에게 인간의 삶이 굴러가는 법칙을 일깨워주는 것도 바로 문학이라네. 또 문학은 정념을 진정시키고, 악덕을 억누르지. 선한 사람들을 찬양하고, 항상 영광스러운 모습으로 그들을 그려 보임으로써 존경받아 마땅한 그들을 본보기 삼아 덕성을 고무한다네. 인류의 고통을 달래기 위해 지구로 내려온 하늘의 딸인 게야. 그들이 영감을 불어넣어준 위대한 작가들은 어느 사회에서든 늘 견뎌내기 가장 힘든 시기에, 야만과 타락의 시기에 나타났었네.

이보게, 문학은 자네보다 더 불행한 한없이 많은 사람들을 위로해왔네. 그중에는 1만 명의 그리스인들을 조국으로 돌려보낸 뒤 정작 본인이 조국에서 추방당한 크세노폰•이며, 로마인들의 중상모략에 분통을 터뜨리던 스키피오 아프리카누

● 크세노폰(기원전 430?~355?)은 소크라테스의 제자이자 고대 그리스의 역사가. 기원전 401년 페르시아 왕의 동생 키루스가 일으킨 전쟁에 참여했으나 키루스가 전투에서 패하고 전사하자 1만 명의 그리스 용병대를 지휘하여 2년 만에 고국으로 귀환한다. 기원전 399년 소크라테스가 처형되자, 그 역시 아테네에서 추방당한다.

스•며, 역시 로마인들의 음모에 시달리던 루쿨루스,•• 궁정의 배반에 몸서리치던 카티나•••도 있었지. 기발한 창의력을 가지고 있던 그리스인들은 문학을 주재하는 뮤즈 한 명 한 명에게 지성의 일부를 나누어주어 우리의 지성을 다스리도록 했음이야. 그러므로 우리는 뮤즈들이 우리의 정념에 굴레와 속박을 들씌울 수 있도록, 우리의 정념을 내맡겨 그것을 지배하게 해야 하네. 우리 영혼의 힘에 있어 뮤즈들이 수행해야 하는 역할이란, 재갈을 물려 태양신의 말들을 몰았던 호라이••••와 같은 게지.

• 스키피오 아프리카누스(기원전 236~183)는 로마의 정치가이자 장군. 제2 포에니 전쟁 당시 한니발을 자마에서 격파하고 로마에 승전을 바친 것으로 이름을 알렸다. 훗날 동생 스키피오의 배신과 대(大)카토 일파의 반격으로 실각하고 미술과 문학에 전념하며 여생을 보냈다.

•• 루쿨루스(기원전 114~57)는 로마의 군인이자 정치가. 전쟁에는 능했으나 지나친 물욕으로 인해 부하들의 원성을 샀고, 결국 동방 원정에서 돌아와 폼페이우스에게 지휘권을 이양할 수밖에 없었다. 정치에 환멸을 느끼고 은퇴한 그는 동방에서 가져온 재물로 사치스러운 생활을 영위했다.

••• 니콜라 카티나(1637~1712)는 군사령관이자 루이 14세 휘하의 프랑스 원수. 군인으로서 영예로운 업적을 쌓아 1693년 프랑스 원수 자리까지 오르지만, 1701년 카르피 전투에서 궁정의 명령과 방해에 시달리다 결국 사보이의 외젠 공작에게 패한다.

•••• 그리스 신화에 등장하는 계절의 여신들로, 율법의 여신 테미스와 제우스 사이에서 태어난 세 자매를 일컫는다. 호메로스는 호라이를 하늘의 문인 구름을 열고 닫는 역할을 하고, 미의 여신 아프로디테를 봄꽃으로 꾸며주며, 태양신 헬리오스의 말을 수레에 매어주거나 풀어주는 여신들로 묘사한 바 있다.

그러니 우리 아드님, 글을 읽으시게나. 우리보다 먼저 글을 썼던 현자들은 우리에 앞서 역경의 길을 나아간 여행자들이니, 모두가 우리를 저버릴 때조차 그들은 우리에게 손을 내밀어주고, 길동무가 되어 함께하자고 권하는 걸세. 좋은 책이란 좋은 친구인 셈이야."

"아아!"

폴이 외쳤네.

"비르지니가 여기 있었을 때는 글 읽는 법을 알 필요도 없었어요. 저보다 공부가 더 되어 있는 것은 아니었지만, 비르지니가 저를 자기 짝이라 부르면서 바라봤을 때 제 마음은 괴로움을 느낄 틈조차 없었으니까요."

"확실히,"

내가 그에게 말했네.

"자기를 사랑해주는 정인만큼 살가운 짝꿍은 없겠지. 여자에게는 생기발랄하고 명랑한 면이 더 많아서 남자의 슬픔을 떨쳐버리게 해주니 말이야. 여자의 애교는 반성에서 생겨나는 어두컴컴한 유령들을 사라지게 한다네. 그 얼굴에는 포근한 매력과 자신감이 어려 있지. 여자의 기쁨이 더해져서 더 생동감 넘치지 않을 기쁨이 어디 있겠나? 어떤 이마가 여자의 웃음에 긴장을 풀지 않겠나? 어떤 분노가 여자의 눈물에 저항하겠나? 비르지니는 자네보다 더 큰 깨달음을 얻어 돌아올 걸세. 정원이 완전하게 복구되지 않은 것을 발견하면 아주 놀라겠지. 그 아이는 어머니하고도 자네하고도 멀리 떨어져 친척 집에서 수난을 당하면서도, 그 정원을 꾸밀 생각에만 빠져 있으니 말이야."

비르지니가 곧 돌아올 것이라는 생각에 폴은 기운을 되찾고 다시 농사일에 매진하게 되었네. 고된 가운데서도 노동의 끝에는 자신의 열정에 화답할 결실이 주어지리라는 생각에 행복했던 게야!

어느 날 아침, 동틀 무렵(때는 바야흐로 1744년 12월 24일이었네), 잠에서 깨던 차에 폴은 조망의 언덕이 있는 산 위로 비죽 솟아오른 하얀 깃발 하나를 보았네. 이 깃발은 바다에서 배가 보인다는 신호였지. 폴은 혹여 비르지니의 소식을 가져다주지는 않았을지 알아보기 위해 마을로 달려갔어. 관례에 따라 소식을 알아보려고 승선했던 도선사가 돌아올 때까지 마을에서 기다렸네. 그 사내는 저녁이 되어서야 돌아왔지. 그는 총독에게, 신고된 배는 생제랑호로, 오뱅이라는 선장의 지휘하에 700톤 화물을 적재하고 있으며, 현재는 4리외 정도 떨어진 외해에 있고, 바람이 좋으면 이튿날 오후쯤이나 돼서 루이항에 닻을 내리려고 한다고 보고했네. 그때만 해도 바람이 전혀 불지 않았거든. 도선사는 이 배가 프랑스에서 실어 온 편지들을 총독에게 건넸지. 그중엔 비르지니의 글씨가 적힌, 라 투르 부인 앞으로 온 편지가 하나 있었네. 폴은 곧장 그 편지를 쥐고서 격렬하게 입을 맞추고는 품에 안고 집까지 달려갔어.

저 멀리 이별 바위에서부터 그가 돌아오기만을 기다리고 있던 가족을 보자, 그는 차마 아무 말도 하지 못하고 편지를 공중으로 들어 올렸네. 머지않아 온 가족이 그 편지를 읽기 위해 라 투르 부인의 집에 모였어. 비르지니는 이모할머니가 저지른 악독한 소행을 너무 많이 겪었다고 어머니에게 토로했네. 이모할머니는 억지로 자기를 결혼시키려고 했었는데, 그 뜻에 반대하자 바로 상속권을 박탈시키고, 결국 자길 돌려보내긴 했지만, 그 시기를 프랑스 섬까지 도착해봤자 태풍을 만날 수밖에 없는 계절에 맞춰 보냈다고 말이야. 자기는 어머니에게 입은 은혜와, 유년 시절 친분을 가졌던 이들에게 신세 진 것을 들어가며 할머니의 뜻을 꺾어보려 노력했지만 헛수고였다고 했네. 자길 소설 때문에 머리가 망가진 해괴망측한 소녀로 취급했다고 했어. 다만 지금은 오로지 소중한 가족을 다시 보고 품에 안아볼 수 있으리라는 행복에만 온 신경을 집중하고 있으며, 만약 선장님께서 조타수가 모는 거룻배에 타도 좋다고 허락만 해주었더라면 그날 당장에라도 이 간절한 소망을 부족함 없이 채웠을 것이라고도 했네. 그런데 선장은 육지가 멀리 떨어져 있기도 하고, 외해에서부터 맹위를 떨치는 거친 바다 때문에, 바람이 잔잔한데도 불구하고 그 배에 타는 것을 반대했다고 했어.

편지를 이렇게 읽자마자 온 가족은 환희에 들떠, "비르지니가 왔어!"라고 외쳤네. 부인과 하인들 모두가 얼싸안았지. 라 투르 부인은 폴에게 말했네.

"아들, 가서 우리 이웃에게 비르지니가 왔다는 소식을 전하고 오거라."

도맹그는 곧바로 순찰나무로 만든 횃불에 불을 붙였고, 폴과 함께 우리 집을 향해 발길을 옮겼다네.

아마 밤 10시였나 그랬을 거야. 등잔불을 끄고 막 잠자리에 들었을 즈음, 나는 오두막 울타리 너머로 숲속에서 다가오는 불빛을 보았네. 곧이어 날 부르는 폴의 목소리를 들었지. 나는 자리에서 일어났네. 그런데 옷을 입자마자, 정신없이 흥분한 폴이 숨을 헐떡이며 내 목에 왈칵 달려들더니, 이렇게 말했네.

"가요, 가요, 아저씨. 비르지니가 왔어요. 항구로 가요, 동이 트면 배가 닻을 내릴 거예요."

우리는 지체 없이 길을 나섰다네. 그런데 우리가 긴 산의 숲을 건너, 벌써 왕귤나무 지구에서 항구로 향하는 길로 접어들었을 때, 누군가 우리 뒤에서 걸어오는 소리가 들렸네. 한 흑인 사내가 성큼성큼 걸어오고 있었어. 그가 우리를 따라잡자마자 나는 그에게 어디에서 오는 길인지, 그리고 어딜 가길래 그렇게 서두르는지 물었네. 그는 내게 답했네.

"저는 이 섬의 금모래라 불리는 동네에서 왔습니다. 총독님께 프랑스에서 온 배 한 척이 호박 섬에 정박해 있다고 알려드리라며 사람들이 절 보냈어요. 지금 바다 상황이 너무 좋지 않아서 구조 요청을 한답시고 대포를 쏘고 있습니다."

그 사내는 이렇게 말한 뒤, 잠시도 더 머무르지 않고 가던 길을 계속해서 갔네.

그러자 내가 폴에게 말했어.

"비르지니에게 가기 전에 금모래 지구부터 가보자. 여기서 3리외 정도밖에 떨어져 있지 않으니."

그래서 우리는 섬의 북쪽으로 걷기 시작했다네. 숨 막히게 더운 날이었지. 달이 떠 있는데, 그 달을 커다랗게 둘러싼 검은 달무리가 세 겹이나 보였다네. 하늘은 소름 끼치도록 새까맸어. 번개가 치면서 자꾸만 번득이는 섬광에, 낮게 깔려 드는 빽빽한 먹구름이 길게 무리 지어 줄을 이루더니 섬 한가운데로 몰려들어 켜켜이 쌓여가는 모습이 보였네. 육지에서는 바람이 조금도 느껴지지 않았지만, 구름은 아주 빠른 속도로 바다에서 밀려오고 있었어. 가는 도중에 우리는 요란하게 울리는 천둥소리가 들렸다고 생각했네. 하지만 주의 깊게 귀를 기울이자, 계속해서 발사된 대포 소리가 메아리로 울려 퍼지고 있다는 것을 알게 되었어. 폭풍우가 몰아치는 하늘의 형상에 멀리서 쏘아대는 대포 소리가 더해져 오싹한 기분이 들었지. 그 소리가 난파로 침몰하기 직전에 있는 배의 조난 신호가 아닐까 걱정이 될 수밖에 없었네. 삼십 분 정도 지나자 포성은 더 이상 들려오지 않았어. 그런데 이 침묵이 나로서는 앞서 울려 퍼지던 불길한 소리보다 훨씬 더 무섭게 느껴졌다네.

우리는 아무 말도 하지 않고, 불안한 마음을 서로 감히 입 밖으로 꺼낼 생각도 하지 못한 채 서둘러 앞을 향해 갔지. 자정 무렵에야 우리는 땀투성이가 되어 금모래 지구에 있는 바닷가에 도착했어. 그 앞에서는 파도가 굉음을 내며 부서지고, 눈부시게 하얀 포말과 함께 번쩍이며 튀어 오르는 광채가 바위와 모래사장을 가득 뒤덮고 있었네. 밤이 어두운데도 불구하고 저 인광으로 번득이는 불빛에, 모래사장 아주 안쪽까지 끌어올려진 어부들의 쪽배 몇 척이 눈에 들어왔어.

거기서 얼마간 떨어진 숲 어귀에서 우리는 불이 피워져 있는 것을 보았고, 그 불 주위로 여러 주민들이 모여 있었네. 우리는 그곳으로 가서 날이 밝아올 것을 기다리며 휴식을 취했지. 불 가까이 앉아 있었을 때, 주민들 중 한 사람이 우리에게 말하길, 자기가 오후에 먼바다에서 조류에 휩쓸려 섬으로 밀려가는 선박을 보았는데, 밤이 오면서 시야에서 사라졌다고 했네. 그러다 해가 지고 두 시간가량 지난 뒤 그 배가 구조를 요청하느라 대포 쏘는 소리를 들었지만, 바다가 너무 험악해서 그쪽으로 가려 해도 도저히 출항시킬 수 없었다고 했어. 얼마 지나지 않아 그 선박의 표지등이 켜지는 것을 본 것만 같았는데, 아니 그런 경우라면 그 배가 해변까지 너무 가까이 와버렸다는 뜻이고, 그럼 호박 섬을 루이항에 당도하면서 옆에 끼고 지나는 겨냥의 모서리로 착각하고서 육지와 그 조그만 섬 사이를 지나가지는 않을까 걱정했다고도 했네. 만약 그렇다면, 어쨌든 자기가 확신할 수 있는 건 아니지만, 그 선박이 정말 심각한 위험에 빠졌다고 했지. 또 다른 주민 한 사람이 입을 열더니 우리에게 말하기를, 자기는 호박 섬과 해변을 가르는 해협을 여러 번 건너보았다고 했어. 자기는 그곳의 깊이를 가늠해본 적도 있는데, 땅이 굳어 있는 정도도 그렇고 닻을 내리기 아주 좋았다며, 배는 가장 훌륭한 항구에서와 마찬가지로 완벽하게 안전하다고 했고, 그러면서 "거기에 제 전 재산을 걸겠습니다. 저는 거기서 육지에서와 마찬가지로 평온하게 잠을 잘 수도 있을 걸요"라는 말까지 덧붙였다네. 세 번째로 나선 주민은 말하길, 그 선박으로는 거룻배도 겨우 지나갈 수 있는 저 해협에 들어서는 것이 불가능하다고 했네. 그는 배가 호박 섬 저 너머에 정박해 있는 것을 보았다고 장담했고, 그러니 혹 아침에 바람이 일면, 원래 예정대로 외해로 출항하거나, 항구로 입항할 것이라고 했어. 다른 주민들은 또 다른 의견들을 냈지. 그들끼리 서로 옥신각신하는 동안, 폴과 나는 크레올 사람이면 늘 그렇듯 일없이 시간을 죽이며 깊은 침묵을 지키고 있었다네. 우리는 꼭두새벽까지 그곳에 머물렀네. 하지만 하늘에 빛이 너무 부족해서 바다 위쪽으로는 어떤 사물도 알아볼 수 없었고, 바다는 심지어 안개로 뒤덮여 있었지. 먼바다에서 먹구름 하나만 어렴풋이 보였는데, 그 먹구름이 해변으로부터 약 4분의 1리외쯤 되는 거리에 있는 것을 보고 사람들은 그게 호박 섬이라고 우리에게 말해주었어. 이렇게 어두침침한 날에는 우리가 있던 해변 끝자락과 섬 안쪽에 있는 몇몇 산봉우리만 보였는데, 때때로 그 주위를 맴도는 구름 사이로 봉우리가 보이기도 했다네.

아침 7시경, 우리는 숲에서 울려오는 북소리를 들었어. 총독이 오는 소리였지. 라 부르도네 씨가 말을 타고 도착했고, 그 뒤를 총으로 무장한 군인들과 많은 수의 주민들, 그리고 흑인 노예들이 따르고 있었네. 그는 자신의 군인들을 해변에 배치하고 일제히 무기를 들어 발포하라고 명령했어. 그들이 총을 쏘자마자, 바다에서 희미한 불빛 하나가 보였고, 뒤이어 거의 바로 직후에 대포가 발사되었네. 선박이 우리와 그리 멀지 않은 곳에 있다고 판단했기에, 우리는 다 같이 그 신호를 본 쪽으로 달려갔어. 그제야 우리는 안개 너머로, 육중한 선박의 몸체와 돛의 활대를 보았다네. 파도 소리에도 불구하고 우리는 배와 아주 가까이 있었기에, 인부들을 지휘하는 선장의 호루라기 소리와 "국왕 만세!" 삼창을 외치는 선원들의 함성을 들었어. 사실 그건 커다란 환희 속에서의 외침이지만, 프랑스인들에게는 극심한 위험에 처했을 때의 외침이기도 했네. 말하자면 마치 위험에 처해 있는 선원들이 그들을 구출해달라고 왕을 부르는 것 같기도 했고, 또 왕을 위해 목숨을 바칠 준비가 되었음을 드러내고 싶어 하는 것 같기도 했지.

생제랑호는 우리가 자기들을 구조하러 올 수 있을 만한 거리에 있다는 것을 알아차린 순간부터 삼 분 간격으로 끊임없이 대포를 쏘아댔네. 라 부르도네 씨는 모래사장에 일정한 간격을 두고 불을 크게 지피도록 했고, 근방의 모든 주민들 집으로 사람을 보내 식량과 나무판자, 밧줄, 그리고 빈 통을 찾아오게 했지. 곧 한 무리의 사람들이 금모래 마을, 웅덩이 지구, 보루의 강 유역 등지의 취락에서 모여들었고, 그들이 식량과 선구를 짊어진 흑인 노예들을 거느리고 당도하는 모습이 보였네. 이 주민들 가운데 가장 나이가 많은 사람이 총독에게 다가와 이렇게 말했네.

"총독 각하, 밤새도록 산에서 둔중한 소리가 울리는 것을 들었습니다. 숲에서는 바람이 불지도 않는데 나무 잎사귀가 흔들리고, 바닷새들은 피난처를 찾아 육지로 날아들고 있습니다. 이 모든 징조들은 어김없이 태풍을 예고하는 것입니다."

"아, 그쯤 해둡시다!"

총독이 답했네.

"여러분, 우리는 태풍에 대비되어 있고, 그 배도 분명 대비하고 있을 겁니다."

실지 모든 것이 곧 태풍이 들이닥칠 것을 예고하고 있었네. 뚜렷하게 중천을 가르는 구름이 중앙은 무시무시할 정도로 새까맸고, 가장자리는 구릿빛으로 물들어 있었어. 대기가 칠흑빛으로 물들고 있었음에도 흰꼬리열대새며, 군함조며, 제비갈매기 무리 등을 비롯해 수많은 바닷새 무리가 피난처를 찾아 사방 천지에서 섬으로 몰려들어, 그 우짖는 소리가 공기

중에 울려 퍼졌다네.

아침 9시가 다 되어갈 무렵, 무시무시한 소리가, 마치 격류가 천둥에 휘말려 산꼭대기에서부터 굴러떨어지는 듯한 소리가 바다 쪽에서 들려왔네. 모두들 "태풍이 왔다!"라며 소리 질렀고, 그 순간 회오리바람이 사납게 몰아쳐 호박 섬과 그 해협을 뒤덮고 있던 안개를 걷어냈지. 그러자 갑판에 사람을 가득 실은 생제랑호가 백일하에 그 모습을 드러냈네. 장루 돛대와 활대는 상갑판으로 내려둔 채, 선기를 한 폭 내려 조기를 달고, 선두에는 네 개의 닻줄을, 선미에는 버팀줄 하나를 늘어뜨린 모습이었지. 배는 호박 섬과 육지 사이, 프랑스 섬을 띠처럼 둘러싸고 있는 암초 지대 이쪽 편에 닻을 내리고 있었으니, 이전까지 배가 지나간 적 없었던 곳으로 암초 지대를 넘어왔던 게야. 생제랑호는 난바다에서 밀려오는 파도에 뱃머리를 내맡겼고, 해협 안쪽으로 파도가 들이칠 때마다 이물이 아주 통째로 들어 올려져서 배 밑바닥이 허공에 떠 있는 것이 보일 정도였다네. 그렇지만 이런 요동 속에서도 물속에 잠겨버린 고물은 꼭대기에 있는 고물 장식까지 시야에서 사라져버려서, 마치 침몰되기라도 한 것 같았지. 바람과 바다가 배를 육지로 내동댕이친 이런 상황에서는 왔던 길로 되돌아가는 것도, 닻줄을 잘라 해안가로 배를 밀어 올리는 것도 불가능했네. 곳곳에 암초가 깔린 얕은 바다가 경계를 이루고 있었으니 말이야. 연안으로 몰려온 파도가 부서질 때마다, 그

물살이 작은 만 깊숙한 안쪽까지 성난 소리를 내며 달려들어서는, 50피에도 더 넘게 육지 쪽으로 자갈을 쏟아냈네. 그런 뒤 물이 빠지면서 해변은 대부분 맨바닥이 다 드러났고, 자갈을 이리저리 굴려대며 쇳소리처럼 소름 끼치게 긁어대는 소리를 냈어. 바람에 쳐들린 바다는 시시각각 더 높이 솟아올랐고, 이 섬과 호박 섬 사이에 있는 해협으로는 수면 가득 하얀 포말만이 널따랗게 펼쳐졌지만, 검고 깊게 너울지는 파도로 물거품은 움푹움푹 패어 있었지. 이 물거품은 만 안쪽 깊숙한 곳까지 뭉쳐 들더니 급기야 6피에보다도 더 높이 쌓였고, 바람이 그 표면을 휩쓸어 해안 절벽에서 반 리외도 더 넘게 떨어진 내륙으로 그 거품을 실어 갔다네. 무수한 포말이 송이송이 하얗게 피어올라 산 밑까지 일렬로 길게 밀려오는 모습은 마치 바다에서 눈이 솟아나는 것만 같았지. 수평선에서 나타나는 모든 조짐이 긴 폭풍우가 몰아칠 것을 알려주고 있었네. 거기 보이는 바다는 하늘하고 분간되지 않을 정도였어. 하늘에서는 무시무시한 형상의 구름 떼가 끊임없이 뜯겨나가 새처럼 빠른 속도로 중천을 가로질렀으나, 그 밖의 다른 구름들은 거대한 바위처럼 움직임이 없는 듯했지. 창공의 푸른빛은 어디에도 보이지 않았네. 그저 올리브색이 감도는 창백한 미광만이 땅과 바다와 하늘의 모든 사물들을 홀로 비추고 있었지.

배가 요동치자, 우려했던 일이 일어났네. 뱃머리를 고정시켜두었던 닻줄이 끊어진 게야. 이제 배를 붙잡고 있는 것이

고작 뱃줄 하나밖에 남지 않자, 배는 해변으로부터 반 연• 정도 떨어진 바위 위로 내동댕이쳐졌네. 우리들 사이에는 고통에 시름하며 울부짖는 소리밖에 들리지 않았지. 폴이 바다로 뛰어들려고 하자, 내가 그의 팔을 붙잡고 말했다네.

"자네 죽고 싶은 겐가?"

폴은 악을 질렀어.

"구하러 가게 내버려두세요, 아니면 죽어버릴 거예요!"

절망이 그에게서 이성을 빼앗은 것을 보고, 그의 목숨까지 잃는 일이 일어나지 않도록 하기 위해 도맹그와 나는 그의 허리띠에 긴 밧줄을 묶고 그 끝을 붙잡았네. 그런데도 폴은 헤엄을 치기도 하고, 암초를 발로 박차기도 하면서 생제랑호를 향해 뛰쳐나갔지. 폴은 몇 번인가 배에 다다르리라는 가능성을 보기도 했네. 바다가 불규칙적으로 요동치면서, 사람이 걸어가서 살필 수 있을 정도로 배를 거의 뭍 가까이 올려주기도 했거든. 그러나 곧바로, 전에 없이 맹렬하게 되돌아온 바다는 궁륭처럼 솟구쳐 어마어마한 높이의 물기둥으로 배를 뒤덮었고, 결국 선체 앞부분을 모두 들어 올리면서, 불쌍한 폴까지도 해안으로부터 아주 멀리 되던져버렸다네. 다리에서 피가 흐르고, 가슴에는 멍이 들어, 반은 익사한 것이나

• 항해 분야에서 쓰던 옛 길이 단위로, 1연(鏈)은 약 185~200미터.

다름없었지. 이 젊은 친구는 감각이 되살아나자마자, 다시 몸을 일으켜 세워, 새로 열의를 불사르며 배로 돌아갔지만, 그러는 사이 바다가 그만 끔찍한 타격을 가해 배를 반쯤 갈라 버렸네. 그러자 모든 선원들은 배를 구해내리라는 희망을 버리고는 우르르 몰려들더니 바다로 뛰어들어 활대며, 판자며, 닭장이며, 식탁이며, 술통이며 가릴 것 없이 올라탔지. 바로 그때 영원한 연민을 받아 마땅한 대상이 보였네. 한 젊은 아가씨가 생제랑호의 선미 복도에 나타나더니, 그녀에게 다가가기 위해 사력을 다하던 사람을 향해 팔을 뻗고 있었어. 비르지니였네. 그녀는 폴의 용맹한 모습을 보고 자신의 정인임을 알아보았지. 그토록 사랑스러운 사람이 너무나 참혹한 위험에 처한 모습을 보고, 우리는 고통과 절망에 휩싸였네. 그런데도 비르지니는 고귀하고 당당한 태도로, 우리에게 영원한 작별 인사를 건네듯 손짓을 해 보였어. 선원들은 모두 바다에 몸을 던지고 없었네. 갑판에는 딱 한 사람만이 남아 있었는데, 그는 헤라클레스처럼 완전히 벌거벗고 몸에는 힘줄이 잔뜩 솟아 있는 사람이었지. 그는 공손하게 비르지니에게 다가갔네. 우리는 그가 무릎을 꿇더니, 비르지니의 옷을 벗기려고 부러 애쓰는 것까지 보았어. 하지만 비르지니는 위엄을 갖추고 그를 밀어내고는, 그에게서 시선을 돌렸어.

"구해라, 그녀를 구하시오! 그녀를 버리지 마시오!"

그 광경을 지켜보던 사람들의 외침이 더욱 고조되는 것이

들려왔네. 하지만 그 순간, 산더미처럼 높은 물기둥이 몸서리 치리만큼 거대한 규모로 호박 섬과 연안 사이에 들이쳤고, 곧장 생제랑호를 향해 포효하며 달려들더니, 시커먼 옆구리를 드러내고 머리로는 거품을 내뿜으며 배를 위협했어. 이 살벌한 광경에 그 선원은 홀로 바다에 몸을 던졌지. 그러자 피할 수 없는 죽음을 눈앞에 둔 비르지니는 한 손을 자기 옷에, 다른 한 손을 자기 심장에 얹고, 담담한 시선을 높이 들어 올렸으니, 그녀는 하늘로 날아가는 천사와 같았다네.

아, 얼마나 참담한 날이었는가! 비통하도다! 모든 것이 삼켜졌어. 파도는, 인정에 몸이 움직여 앞다퉈 비르지니에게 가려던 구경꾼 일부와, 수영을 해서라도 그녀를 구하고자 했던 선원을 바다에서 멀리 떨어진 육지 안쪽으로 던져버렸다네. 거의 확실했던 죽음을 면한 이 사내는 모래 위에 무릎을 꿇고 이렇게 말했지.

"오, 주여! 당신께서는 제 목숨을 구해주셨지만, 저는 결단코 저처럼 옷을 벗기를 원치 않았던 그 존귀한 여인을 위해서라면 기꺼이 목숨을 바쳤을 것입니다."

도맹그와 나는 의식을 잃고 입과 귀에서 피를 흘리고 있는 가여운 폴을 파도에서 끌어냈네. 총독은 그를 외과의들의 손에 맡겼고, 우리는 바다가 비르지니의 시신을 실어 오지는 않을까 살피기 위해 이쪽 해변을 따라 수색을 벌였네. 하지만 폭풍이 당도하자 돌연 바람 방향이 바뀌어버렸고, 우리는 이 비운의 소녀를 책임지고 매장해주지 못할 수도 있겠다는 생각에 애가 끓었어. 그렇게 수많은 사람들의 목숨을 앗아 간 난파 사고에서도, 유독 그 한 명이 목숨을 잃은 탓에 모두들 영혼을 두드려 맞은 것처럼 충격을 받았고, 망연자실하여 슬픔에 허덕이다 그곳을 떠났다네. 대부분의 사람들은 그토록 선량한 소녀의 참담한 마지막을 보고 과연 섭리라는 것이 존재하기는 하는 것인지 의심했지. 너무나 그악하고 그저 부당하기만 한 악이 있어서, 현명한 사람의 소망조차 위태롭게 흔들릴 정도였으니 말이야.

그러는 사이, 사람들은 정신을 차리기 시작한 폴이 자기 집으로 옮겨져도 괜찮은 상태가 될 때까지, 근처의 어느 집에 그를 데려다놓았네. 나는 나 나름으로 비르지니의 어머니와 그녀의 벗이 이 참담한 사건을 받아들일 마음의 준비를 하게 하려고 도맹그와 함께 돌아왔지. 우리가 라타니아 강 골짜기 어귀에 다다랐을 즈음, 흑인 몇몇이 바다가 바로 앞에 있는 만으로 엄청난 배의 잔해를 토해냈다고 말해주었네. 우리는 그곳으로 내려갔고, 내 눈에 가장 먼저 들어온 것들 사이에 비르지니의 시신이 있었지. 모래로 반쯤 덮여 있었는데, 자세는 죽을 때 봤던 모습 그대로였다네. 얼굴 생김새도 크게 상한 데 없이 그대로였네. 눈은 감겨 있었지만, 얼굴에는 여전히 평온함이 깃들어 있었어. 다만 죽음의 창백한 보랏빛이 부끄럼을 타던 장밋빛 뺨에 스며 있었네. 한쪽 손은 옷 위에 올려져 있었고, 심장에 갖다 댄 다른 한쪽 손은, 주먹을 꼭 쥔 상태로 딱딱하게 굳어 있었지. 나는 그 안에 있던 작은 상자를 간신히 꺼냈는데, 설마하니 그것이 그녀가 살아 있는 한 절대 버리지 않겠다고 약속했던 성 바오로의 초상화라는 것을 봤을 때 내 어찌나 놀랐는지! 이 가여운 소녀의 지조와 사랑을 뜻하는 그 마지막 징표에, 나는 통탄하며 눈물을 흘렸다네. 도맹그는 제 가슴을 치면서, 뼈아픈 고통으로 울부짖으며 허공에 고함을 질러댔어. 우리는 비르지니의 시신을 어부들의 오두막으로 옮겨, 가련한 말라바르인 여인들에게 보살펴 달라 맡겼고, 그녀들은 시신을 정성껏 씻겨주었다네.

그녀들이 이 애통한 뒷수습에 전념하는 동안, 우리는 몸을 휘청이며 농가로 올라갔네. 라 투르 부인과 마르그리트가 배에 대한 소식을 기다리며 기도를 올리고 있는 모습이 보였지. 라 투르 부인은 날 보자마자 외쳤네.

"내 딸, 내 사랑하는 딸은요, 우리 아이는 어디 있나요?"

내가 침묵에 잠겨 눈물을 흘리자, 비르지니에게 화가 닥쳤다고 생각할 수밖에 없었던 그녀는, 갑작스러운 호흡곤란과 괴로운 불안 증세에 사로잡혔네. 목에서는 탄식과 오열밖에 나오지 않았지. 마르그리트도 소리쳤네.

"내 아들은 어디 있죠? 우리 아들이 보이지 않아요."

그런 다음 그녀는 그만 졸도하고 말았다네. 우리는 그녀에게 달려가 의식을 회복시킨 뒤, 폴은 살아 있고, 총독이 그를 돌보고 있다고 안심시켜주었어. 마르그리트는 때때로 긴 혼수상태에 빠지는 친구를 돌보기 위해 겨우 정신을 차렸네. 라 투르 부인은 이 잔인한 고통 속에서 밤을 지새웠지. 그렇게 오랜 세월 그 고통이 지속되는 것을 보면서, 나는 어떤 아픔도 어머니로서의 아픔에는 미치지 못하리라고 생각했어. 라 투르 부인은 의식을 되찾고는 초점 없는 눈을 돌려 멍하니 하늘을 바라보았네. 그녀의 친구와 내가 손을 붙잡아보았지만 헛된 일이었고, 애정을 한가득 담아 이름을 불러도 소용없었지. 우리가 오래도록 나눠온 애정 표시에도 무감각해 보였고, 먹먹한 가슴에서는 희미한 신음 소리만 새어 나왔다네.

아침이 되자마자 폴이 가마에 누운 채로 실려 왔네. 기운을 차리고 몸도 움직였으나, 입 밖으로는 말 한마디 내지 못했지. 자기 어머니와 라 투르 부인을 대면하자, 처음에 나는 그것이 두려웠었네만, 오히려 그때까지 별의별 걱정을 했던 것치고는 훨씬 더 좋은 효과를 낳았다네. 그 애처로운 두 어머니의 얼굴에 위로의 빛이 드리운 게야. 두 부인은 각자 폴의 곁에 다가가서, 그를 끌어안고 입을 맞추었네. 그러자 원통함이 극에 달해 그때껏 억지로 눌러왔던 눈물이 흐르기 시작했어. 곧 폴도 두 어머니와 함께 눈물을 섞었네. 그렇게 자연은 비운에 빠진 이 세 사람의 아픔을 덜어주었으니, 고통을 이기지 못해 온몸에 경련을 일으키던 세 사람에게는 기나긴 잠이 뒤따랐고, 이내 빈사 상태에서, 사실상 죽음이 안겨줄 안식과도 같은 휴식이 주어졌다네.

라 부르도네 씨는 비밀리에 내게 사람을 보내, 자신의 명령에 따라 비르지니의 시신은 우선 마을로 옮겨졌고, 거기서 다시 왕귤나무 성당으로 이송될 것이라고 알려 왔네. 나는 그 즉시 루이항으로 내려갔고, 거기서 섬에 사는 모든 자치구 주민들이, 마치 이 섬에서 가장 소중한 것을 잃어버렸다는 듯이 비르지니의 장례식에 참석하기 위해 모여 있는 모습을 목격했네. 항구에서는 배들이 활대를 십자로 엮거나 조기를 게양했으며, 긴 간격을 두고 대포를 쏘아댔어. 정예병들이 장례 행렬의 선두에 섰고, 총구를 아래로 해서 소총을 메고 있었네. 기다란 상장(喪章)으로 덮인 병사들의 북에서는 그저 애절한 소리만 울려 퍼졌고, 전쟁에서는 얼굴색 하나 변하지 않고 숱한 죽음을 맞이했던 그 전사들의 표정에 허탈함이 드리운 것이 보였지. 섬에서 가장 존경받는 집안의 젊은 아가씨들 여덟이 흰옷을 입고, 손에는 종려나무 가지를 든 채, 꽃에 덮인 자신들의 고결한 동무의 시신을 들어 옮겼다네. 어린이들이 찬송가를 합창하며 그 뒤를 따랐어. 아이들 뒤로는 섬 주민과 총독부 관리 중에서도 가장 지체 높은 사람들이 빠짐없이 참석했고, 그 바로 뒤로는 총독이 행차했으며, 다시 그 뒤에서 서민들의 무리가 이어졌지.

관에서는 비르지니의 덕성에 조금이라도 경의를 표하고자 이렇게나마 지시했던 것일세. 그러나 그녀의 시신이 이 산 밑에 당도했을 때, 그녀가 아주 오랫동안 행복을 안겨주었던 오두막들이, 이제는 그녀의 죽음으로 인해 절망으로 가득 찬 바로 그 오두막들이 시야에 들어오자, 장례 행렬은 온통 흐트러졌다네. 찬송가와 장송곡은 멈췄고, 들판에서는 탄식과 흐느낌밖에 들리지 않았네. 그때 근처 농가 여기저기에서 어린 소녀들이 무리 지어 달려와, 마치 성녀를 부르듯 그녀의 이름으로 신의 가호를 빌며, 비르지니의 관 위에 손수건이며 묵주며 화관 등을 올려두는 모습이 보였네. 어머니들은 그녀와 같은 딸을 달라며 하느님께 청을 올렸고, 사내애들은 그녀처럼 지조 있는 연인을, 가난한 이들은 그녀만큼 따뜻한 친구를, 노예들은 그녀만큼 선량한 주인을 내려주십사 청을 올렸다네.

비르지니가 장지에 도착했을 때, 마다가스카르에서 온 흑인 여자들과 모잠비크의 카프라리아 사람들은 자기네 나라 관습에 따라 비르지니 곁에 과일 바구니를 놓거나, 근처 나무에 천 조각을 걸어두었지. 벵골과 말라바르 해안에서 온 인도 여인들은 가지가지 새가 가득 들어 있는 새장을 가져와 시신 위에서 새들을 자유롭게 풀어주었다네. 이렇듯 비르지니가 자신의 무덤 주위로 모든 종교를 모았으니, 사랑스러운 사람 한 명이 목숨을 잃는다는 것은 그만큼 모든 민족의 마음을 움직이는 일이요, 불행한 덕성의 힘이란 실로 거대한 것이야!

그녀의 묫자리 가까이로는 경비병들을 배치해, 몇몇 가난한 집안 딸들을 묘지로부터 떨어트려야만 했네. 이 세상에 더 이상 기대할 수 있는 위안이 없으니, 남은 일은 유일한 은인이었던 분과 함께 죽는 것밖에 없다며, 어떻게 해서든지 그 아래로 몸을 던지려고 했거든.

비르지니는 왕귤나무 성당 근처, 성당 서쪽 방면에 있는 대나무 숲 아래 묻혔다네. 자기 어머니와 마르그리트를 데리고 다 같이 미사를 보러 오면, 그때까지는 오빠라 부르던 이의 옆에 앉아 휴식을 취하길 좋아했던 곳일세.

이날 장례식에서 돌아오자마자, 라 부르도네 씨가 그 많은 수행원 중 일부만 대동하고 이곳으로 올라왔네. 그는 라 투르 부인과 그녀의 벗에게, 자기 소관으로 처리할 수 있는 지원이라면 모두 해주겠다고 했네. 그는 몇 마디 하지 않았지만, 격분에 가득 차서는 악독한 이모님에 대한 감정을 표현했지. 그러더니 폴에게 다가가 그를 위로하기에 적절하다고 생각되는 말을 빠짐없이 건넸네. 라 부르도네 씨가 폴에게 말하길,

"내 자네와 자네 가족의 행복을 바랐다네. 하느님께서 나의 증인이시지. 폴, 이 친구야, 자네가 프랑스로 가야만 하네. 그곳에서 자네가 지원을 받을 수 있도록 내가 조치를 취해주겠네. 자네가 없는 동안에는 내가 자네 어머니를 내 어머니인 양 돌보겠네."

그러면서 동시에 라 부르도네 씨는 그에게 손을 내밀었지. 하지만 폴은 손을 거두고는 그를 보지 않으려고 고개를 돌려 버렸다네.

내 딴에는, 박복한 벗들의 거처에 머물며 그 둘에게, 그리고 또 폴에게 여력이 되는 한 모든 도움을 주고자 했어. 그렇게 삼 주가 지난 끝에 폴은 걸을 수 있는 정도가 되었으나, 몸이 힘을 되찾는 것과 동시에 그의 비통함은 더욱 깊어지는 듯했네. 그는 모든 것에 무감각해졌고, 시선은 빛을 잃어, 내가 해볼 수 있는 질문이라면 뭐든 다 해봤지만 아무 대답도 하지 않았다네. 거의 죽어가던 라 투르 부인은, 폴에게 자주 "아들, 내가 널 보는 동안만큼은 사랑하는 비르지니를 보는 것이라 믿으련다"라는 말을 했지. 이렇게 비르지니라는 이름만 들으면, 폴은 소스라치게 놀라며 부인을 멀리하곤 했네. 그의 어머니가 자기 친구 곁에 와달라고 몇 번씩 청했음에도 불구하고 말이야. 그는 혼자 정원에 가서 틀어박혔고, 비르지니의 코코넛나무 아래 앉아 그녀의 샘물에서 시선을 떼지 못하고 있었네. 총독이 붙여준 외과 의사는 폴은 물론 두 부인도 최선을 다해 돌봐주었는데, 우리에게 말하길, 폴을 절망적인 우울로부터 벗어나게 하기 위해서는 그가 좋아하리라 생각되는 것은 뭐든지 하게 해주고, 어떤 식으로도 그의 화를 돋우지 말아야 한다고 했네. 그러면서 그가 완고하게 지키고 있는 침묵을 극복할 수 있는 방법은 오직 이 방법뿐이라고 했지.

나는 의사의 충고를 따르기로 마음먹었다네. 폴은 그나마 힘이 조금 회복되었다는 느낌이 들자마자, 가장 먼저 그 힘을 써서라도 집에서 멀리 떨어지려고 했네. 나는 시야에서 그를 놓치지 않고 있었기에, 그의 뒤를 쫓아 걸음을 뗐고, 도맹그에게 먹을 것들을 좀 챙겨서 같이 나서자고 했지. 이 산을 내려가면 내려갈수록, 이 젊은 청년은 기쁨도 활력도 되살아나는 것처럼 보였다네. 폴은 우선 왕귤나무 지구로 통하는 길을 걸었어. 그러다가 성당 근처에 다다르자 대나무 숲길로 들어가서 새로 파낸 땅이 보이는 곳으로 곧장 걸어갔네. 거기서 폴은 무릎을 꿇고, 하늘로 시선을 들어 올려 긴 기도를 올렸지. 그의 거동이 나로서는 이성이 제자리로 돌아오고 있다는 좋은 징조로 보였는데, 무릇 지고의 존재를 향한 이러한 신뢰의 표시는 그의 영혼이 자연 본래의 기능을 되찾기 시작했음을 보여주는 까닭일세. 도맹그와 나는 폴을 좇아 똑같이 무릎을 꿇고 그와 함께 기도를 드렸네. 그런 다음 그는 일어나서 우리에게는 그다지 관심을 두지 않고 섬의 북쪽을 향해 길을 나섰네. 나는 폴이 비르지니의 시신이 어디에 묻혔는지도 모르고, 심지어 바다에서 건져냈는지 아닌지조차 모른다는 것을 알고 있었기에, 아까 왜 저 대나무 아래서 하느님께 기도를 올렸는지 물어봤어. 그러자 그는 "그야 우리가 저기 자주 가 있었으니까요!"라고 대답했다네.

그는 숲 어귀에 이르기까지 걷던 길을 계속해서 갔는데, 그곳에 다다르자 어느새 훌쩍 밤이 찾아왔지. 거기서 나는 폴에게 내가 먼저 먹을 테니 나를 따라 음식을 조금이라도 먹으라고 권했네. 그런 다음 우리는 나무 밑 풀밭에서 잠을 잤어. 다음 날 나는 폴이 제 발로 돌아가겠다고 마음먹을 것이라 생각했지. 아닌 게 아니라 그는 들판에 있는 왕귤나무 성당과 성당으로 나 있는 긴 대나무 숲길을 한동안 바라봤고, 또 마치 그쪽으로 돌아가려는 사람처럼 조금씩 움직였다네. 그러나 폴은 돌연 숲속을 비집고 들어갔고, 계속해서 북쪽을 향해 길을 잡고 나아갔어. 나는 그의 의도가 훤히 보여서 주의를 흐트러트리려고 애썼지만 허사였네. 우리는 한낮이 다 되어서야 금모래 지구에 도착했지. 폴은 생제랑호가 침몰했던 곳과 마주 보고 있는 해안가로 다급히 내려갔어. 호박 섬과, 이때만큼은 거울처럼 잠잠해진 그 사이의 해협을 보고 그는 소리 질렀네.

"비르지니! 아, 사랑하는 나의 비르지니!"

그러고 나서 곧바로 폴은 기력이 다해 쓰러졌다네. 도맹그와 나는 폴을 숲 안쪽으로 데려갔고, 거기서 갖은 고생을 다해 그 아이의 정신을 되돌려놓았어. 몸의 감각을 되찾자마자 그는 다시 해변으로 돌아가려고 했지만, 우리가 그토록 잔인한 기억을 떠오르게 해서 자신의 고통뿐 아니라 우리의 고통까지 되살려내지 말아달라고 애원하자, 그는 다른 방향으로 가버렸네. 결국 폴은 일주일 동안 유년 시절의 짝꿍과 자기가 함께 있었던 곳을 모두 찾아다녔다네. 그는 비르지니가 흑강에서 온 노예의 용서를 구하러 갔었던 오솔길을 돌아보았고, 그다음 그녀가 더 이상 걸을 수 없어 주저앉아 있던 삼유방산의 강변과, 그녀가 길을 잃고 헤맸던 숲 한쪽을 다시 가보았네. 그가 가장 사랑했던 사람의 걱정거리며, 장난치던 모습이며, 밥 먹던 모습, 친절하던 모습 같은 것들을 떠오르게 하는 모든 장소들, 그러니까 긴 산 아래 강에서부터, 내가 살던 작은 집, 근처의 폭포, 비르지니가 심어둔 파파야나무, 그녀가 뛰놀길 좋아하던 잔디밭, 노래를 즐겨 부르던 숲의 갈림길까지, 그에게 비르지니의 기억을 불러일으키는 곳들은 모두 잇달아 그의 눈물을 흐르게 했네. 이제 그때와 같이 둘이서 함께 기쁨의 환성을 지르면 몇 번이고 돌아와 울려 퍼졌던 산울림도, 그저 "비르지니! 아, 사랑하는 나의 비르지니!"라는 저 고통스러운 말만을 되풀이할 뿐이었네.

이렇듯 야생을 떠도는 방랑 생활을 하면서 폴은 눈가가 움푹 패고 안색도 누렇게 뜨더니 건강이 점점 더 악화되어갔네. 기뻤던 일들에 대한 기억으로 말미암아 우리의 고통이 주는 감각은 더욱 커져가고, 그렇게 정념은 고독 속에서 더 팽만해진다는 확신이 들었기에, 나는 가련한 이 친구를 죽음의 기억을 떠올리게 하는 장소로부터 멀리 떨어트려, 섬 안의 어디 다른 곳, 주변이 아주 소란스러운 곳으로 그를 옮기기로 했지. 그런 의미에서 나는 폴을 윌리엄스 지구 사람들이 모여 사는 고원으로 데려갔다네. 그곳은 폴이 한 번도 가본 적 없는 곳이었거든. 그 일대는 농업과 상업이 발달해서 사람들이 이동도 많았고 사는 모습도 다양했어. 몇몇 목수들은 무리를 지어 나무를 다듬고, 또 다른 무리의 목수들은 그 나무를 켜서 널빤지를 만들었지. 마찻길을 따라 마차들이 오갔으며, 커다랗게 떼 지어 다니는 소와 말 들은 광활한 목초지에서 풀을 뜯고, 평야에는 여러 채의 민가가 점점이 흩어져 있었다네. 지대가 높아서 유럽에서 온 다양한 식물 종을 여러 장소에 걸쳐 재배할 수 있었어. 여기저기 어디라고 할 것 없이 들판에는 수확해둔 밀이, 나무를 솎아낸 빈터에는 융단처럼 펼쳐지는 딸기밭이 보였고, 길가를 따라 늘어선 장미나무 덤불도 보였네. 서늘한 공기가 힘줄에 긴장을 줘서, 심지어 백인들의 건강에는 유익하기까지 했지. 이 고원은 섬 중앙 가까이 있으면서도, 키 큰 나무로 둘러싸여 있어, 바다도, 루이항도, 왕귤나무 성당도, 그 밖에 폴로 하여금 비르지니의 기억을 떠올리게 할 수 있을 만한 것은 아무것도 보이지 않았다네. 루이항 쪽으로 여러 갈래의 지맥을 뻗어 보이고 있는 산도, 윌리엄스 평야 쪽으로는 가파른 고개로 이어지면서 직선으로 길게 뻗어나가는 한 줄기 산등성이만을 보여줄 뿐이었지. 거기 여러 개의 각뿔처럼 높이 솟아오른 바위산으로는 구름이 모여들곤 한다네.

그래서 나는 그 고원으로 폴을 데려갔던 것일세. 나는 햇볕이 내리쬐든, 비가 오든, 낮이든 밤이든 그와 함께 걷고, 일부러 그를 숲으로, 개간지로, 들판으로 떠밀어 길을 잃게 하기도 하면서 끊임없이 몸을 움직이게 했네. 몸을 피곤하게 해서라도 그의 정신을 산만하게 흐트러뜨리고, 우리가 어디 있는지도, 우리가 어디서 길을 잃어버렸는지도 모르게 만들어 그의 상념이 좇는 방향을 바꾸기 위해서였지. 하지만 사랑에 빠진 자의 영혼은 도처에서 사랑하는 대상의 흔적을 발견한다네. 밤도, 낮도, 고독 속에서의 적막도, 인가에서 들려오는 소음도, 수많은 기억을 데려가는 시간마저도, 결코 아무것도 그러한 흔적으로부터 영혼을 떼어내지는 못하는 게야. 자석에 닿은 바늘처럼, 아무리 심하게 흔들리더라도 움직임이 잦아들면 곧바로 자신을 끌어당기는 극으로 방향을 트는 법이지. 나는 윌리엄스 평야 한가운데서 방황하던 폴에게 물었네.

"이제 어디로 갈까?"

폴은 북쪽으로 몸을 돌리며 내게 말했어.

"우리 산은 이쪽이에요. 그곳으로 돌아가요."

나는 내가 그의 주의를 흐트러뜨리려고 시도했던 모든 방법이 소용없었음을 깨달았고, 그렇다면 미약하나마 내가 가진 이성의 힘을 총동원해 폴이 품은 연정 그 자체를 논박하는 것 외에는 다른 방도가 남아 있지 않다고 보았네. 그래서 나는 폴에게 이렇게 답했지.

"그렇다네, 그쪽이 자네가 사랑했던 비르지니가 살던 산이지. 그리고 여기 자네가 그녀에게 주었던 초상화가 있네. 죽으면서도 비르지니가 가슴에 품고 있던 것이니, 마지막 행동마저 자네를 위한 것이었어."

그러면서 나는 폴에게 코코넛나무 샘가에서 그가 비르지니에게 주었던 작은 초상화를 보여주었네. 그걸 보자 그의 눈에는 참담한 기쁨이 어렸어. 폴은 무엇에 홀린 듯 허약한 손으로 그 초상화를 집어 입에 갖다 댔네. 그러자 숨 막히는 고통이 그의 가슴을 짓눌러왔고, 거지반 핏발이 선 두 눈은 차마 흘리지 못한 눈물을 가득 머금고 있었어.

내가 그에게 말했네.

"이보게, 내 말을 들어보게, 나는 자네의 벗이자 비르지니의 벗이었어. 또 나는 자네가 희망을 품는 와중에도, 삶에 들이닥칠 예기치 못한 사고에 대응할 수 있게끔 자네의 이성을 견고하게 다지고자 수도 없이 노력해온 사람일세. 무엇 때문에 그토록 한이 맺혀 한탄하는가? 자네의 불행 때문인가? 비르지니의 불행 때문인가?

자네의 불행을 말해볼까? 그래, 어쩌면 그건 큰 불행일지도 모르지. 자네는 더없이 사랑스러운 소녀를, 그것도 가장 훌륭한 아내가 되었을 사람을 잃었으니까. 그녀는 자네의 이익을 위해 자신의 이익을 희생했고, 자신의 덕성에 대한 유일한 보상으로 받을 자격이 충분했던 재산보다도 자네를 더 좋아했었네. 하지만 자네는 그토록 순수한 행복을 기대했음에 틀림없는 대상이, 자네에게 끝도 없는 괴로움의 원인이 되지 않았더라면 어떻게 되었을지 알고 있나? 비르지니는 재산도 없는 데다가, 상속도 받지 못했네. 그러니 그 후로 자네는 자네 혼자서 일한 몫을 그녀와 나눠야 했을 거야. 교육을 받아 좀 더 세련된 사람이 된 데다가 불행한 일로 인해 더욱 담대해져서 돌아왔으니, 자네는 그 아이가 하루하루 억눌려 사는 모습을 지켜보았을 걸세. 비르지니가 아이를 낳았다고 해보게. 노부모뿐만 아니라 이제 갓 태어난 식솔까지 단둘이서 부양해야한다는 고충으로 인해 그녀의 괴로움도 자네의 괴로움도 더욱 커졌을 걸세.

자넨 이렇게 말하겠지. 총독이 우리를 도와줬을 겁니다. 공직자들이 그토록 자주 바뀌는 식민지에서 라 부르도네 같은 사람들을 더 만날 수 있을지 자네가 어찌 알겠는가? 행실도 나쁘고 도리도 모르는 수장이 이곳에 오지 않으리라는 법도 없지 않나? 자네 부인이 보잘것없는 도움이나마 얻기 위해 그런 사람들의 비위를 맞춰야 할 필요까진 없었을 거라고 할 수 있나? 혹은 그녀가 나약한 사람이었더라면, 자네는 불쌍한 신세가 되었을지도 몰라. 아니, 그녀가 현명했더라면, 자네는 언제까지고 초라한 사람이었을지도 모르지. 그녀의 아름다움과 그녀의 덕성 덕분으로, 그나마 보호해주길 기대했던 사람들에게 핍박이라도 받지 않는 걸 다행으로 여겨야 했을지도 모르는 일일세!

자넨 내게 말하겠지, 부와 상관없는 행복이 남아 있다고, 사랑하는 사람을, 다름 아니라 스스로 연약하기에 그만큼 더 우리에게 애정을 쏟는 그 상대방을 보호하고, 나 자신의 걱정으로 상대방을 위로하고, 나의 슬픔으로 상대방을 기쁘게 해주고, 서로의 아픔을 나누어 우리의 사랑을 키워가는 그런 행복이 남아 있을 거라고. 물론 정조와 사랑은 이런 씁쓸한 기쁨을 즐기는 법이지. 하지만 비르지니는 이제 없네. 그러니 자네에게 남은 것은 자네 다음으로 그녀가 가장 사랑했던 사람들, 그녀의 어머니와 자네의 어머니일세. 자네가 도저히 헤어나지 못하는 그 고통 때문에 곧 몸자리를 쓰게 생긴 사람들이지. 비르지니 자신도 그리했던 것처럼, 그 두 사람을 돕는 것을 자네의 낙으로 삼아보게나. 이보게, 선행이란 덕성에서 비롯한 행복일세. 지구상에 그보다 더 든든하고 더 위대한 행복은 없지. 쾌락, 휴식, 희열, 풍요, 영광 같은 것들을 도모하는 일은 나그네처럼 덧없이 살아가는 그런 연약한 인간에게 주어지는 것이 아니란 말이야. 부를 향해 내디딘 한 걸음이 우리 모두를 심연으로, 보다 더 깊은 심연으로 어떻게 내몰았는지 보시게나. 자네는 그 일에 반대했었지, 그래, 그건 사실이야. 하지만 비르지니의 여정이 그녀 자신의 행복이자 자네의 행복으로 끝나리라는 것을 누가 의심이라도 했겠는가? 돈 많고 나이 든 한 친척 어른의 강권, 현명하다는 한 총독의 조언, 온 식민지의 박수갈채, 한 성직자의 종용과 그 권위가 비르지니의 불행한 결말을 초래했네. 그렇게 우리는 우리를 지배하는 사람들의 주도면밀함에 속아 파국을 향해 달려가고 있어. 그들을 믿지 않았더라면, 기만적인 세상이 말하는 견해와 기대 따위 신뢰하지 않았더라면 아마 더 좋았겠지. 그러나 결국, 우리 앞에 보이는, 너무나 바쁘게 살아가는 이 평야의 수많은 사람들이든, 인도로 부를 찾아 떠난 다른 많은 사람들이든, 집 밖으로는 나오지도 않으면서 앞서 말한 사람들의 노동 덕에 유럽에서 편안한 삶을 누리는 사람들이든, 자신이 가장 소중히 여기는 것을, 명예며, 부며, 아내며, 아이들이며, 친구들이며 하는 것을 언젠가 잃을 운명에 처하지 않은 사람은 없다네. 대부분의 사람들은 그러한 상실에 자기가 저지른 경솔한 언행의 기억을 더해야 할 걸세. 그러나 자네의 경우, 아무리 스스로를 돌이켜본다 해도 스스로를 책망할 거리가 하나도 없어. 자네는 자네의 신념에 충실했으니 말이야. 꽃다운 청춘의 나이임에도, 자네는 자연의 정서에서 벗어나지 않고 슬기로운 사람으로서의 신중함을 견지해왔네. 자네가 가진 독자적인 견해는 순수했고 솔직했으며 사심이 없었기에, 또한 비르지니에 대해 어떤 부유함과도 비길 수 없는 신성한 권리를 지니고 있었기에 정당했어. 자네는 그녀를 잃었지, 그런데 자네가 그녀를 잃게 된 것은 자네의 경솔함 때문도, 자네의 탐욕 때문도, 자네의 그릇된 식견 때문도 아니니, 그건 다만 자네로부터 사랑의 대상을 빼앗아 가려고 타인의 정념을 쓰셨던 하느님 당신의 일인 것이네. 그래, 하느님, 자네의 모든 것을 내려준 분이시자, 자네에게 합당한 것이 무엇인지 다 아는 분이시며, 악의 원인이 우리에게 있었다 하더라도 그 뒤를 좇아 걸어오는 후회와 절망에게는 어떠한 여지도 남겨주지 않는 혜안을 갖춘 분이시지.

그러니 불행에 처하더라도 자네 스스로 할 수 있는 말은 이것일세. 내가 받아 마땅한 일이 아니다. 그렇다면 자네가 개탄하는 것이 비르지니의 불행, 그녀의 최후, 그녀의 현재 상태인가? 비르지니는 귀족 가문과 아름다움에 지워진 운명을, 제국조차 면치 못한 운명을 따랐던 게야. 인간의 삶은, 그가 도모해온 모든 일과 더불어, 죽음이 정점을 이루는 작은 탑처럼 스스로를 들어 올린다네. 태어남과 동시에 그녀는 죽을 것을 언도받았던 것이야. 자기 어머니에 앞서, 자네 어머니에 앞서, 자네에 앞서 삶의 굴레로부터 벗어났으니, 말하자면 마지막 죽음을 맞이하기 전까지 몇 번이고 생을 다하지 않게 되었으니 비르지니로서는 복된 일인 셈이지!

이보게, 죽음은 모든 사람에게 이로운 것일세. 죽음은 우리가 생이라 부르는 이 불안한 하루의 밤인 것이야. 살아 있는 불행한 자들을 끊임없이 불안하게 만드는 병과, 고통과, 슬픔과, 두려움이 영원한 안식에 드는 것도 죽음이라는 잠 속에서일세. 더없이 행복해 보이는 사람들을 잘 살펴보게나. 그러면 그들이 소위 말하는 행복이라는 것은 아주 비싼 대가를 치르고 샀음을 알게 될 걸세. 가정의 화(禍)로 대중의 존경을 사고, 건강을 잃고 부를 사지. 또 계속되는 희생을 통해, 사랑받는 데서 오는 그 둘도 없는 기쁨을 산다네. 그러나 대체로 그들은, 타인의 이익을 위해 희생해온 삶의 마지막에 가서야 자기 곁에 가짜 친구들과 배은망덕한 친척들만 남았음을 알게 되지. 하지만 비르지니는 마지막 순간까지 행복했네. 우리와 함께일 때는 자연의 은총 덕분으로 행복했고, 우리와 멀리 있을 때는, 덕성의 은총 덕분으로 행복했지. 그리고 우리가 그녀가 죽어가는 것을 보았던 그 끔찍했던 순간에도, 비르지니는 여전히 행복했어. 섬사람 모두를 침통하게 만들었을지라도 식민지 전체에 시선을 두었든, 자길 구하려고 너무도 용감하게 달려오는 자네를 지켜봤든, 자기가 우리 모두에게 얼마나 소중한 존재였는지 알았기 때문일세. 비르지니는 자신의 순수했던 삶에 대한 기억으로 앞날에 대비할 힘을 튼튼하게 다져왔고, 그렇기에 하늘이 덕성을 갖춘 자에게 마련해준 상으로, 위험을 무릅쓰는 보다 높은 용기를 받았다네. 그녀는 죽음에게 평온한 얼굴을 들어 보였던 게야.

이보게, 하느님께서는 덕성으로 하여금 삶에서 벌어지는 모든 사건을 겪게 하시어, 덕성만이 유일하게 그 사건들을 쓰임새 있게 다룰 수 있다는 것을, 거기서 행복과 영광을 찾을 수 있다는 것을 보여주시고자 한다네. 하느님께서 덕성을 위해 눈부신 명성을 예정해두실 때는, 그것을 거대한 연극 무대 위에 올리시고, 죽음과 대결하게 하시지. 그러면 덕성이 보인 용기는 본보기가 되고, 덕성이 겪은 불행은 기억으로 남아 후세 사람들이 눈물로 기리는 영예를 영원히 누리는 게야. 이것이 바로 모든 것이 사라지고 마는 이 땅에서, 대다수 왕에 대한 기억조차 금세 영원한 망각 속으로 매몰되고 마는 이 땅에서, 덕성에 마련된 불멸의 기념비라네.

하지만 비르지니는 아직 존재해. 이 친구야, 지구상의 모든 것은 변한다는 것을, 그러나 사라지는 것은 아무것도 없다는 것을 자네가 알아야 하네. 인간의 어떤 기술도 물질의 가장 작은 입자까지는 소멸시킬 수 없을진대, 합리적인 것이자, 지각할 수 있는 것이자, 정을 나누고, 덕성을 지니고, 신앙심도 있는 것이 과연 소멸되었을까? 아무렴 그것을 감싸고 있던 요소들조차 파괴될 수 없는데? 아아! 만약 비르지니가 우리와 함께일 때 행복했다면 지금은 더욱더 행복하고말고. 이보게, 신은 존재한다네. 온 자연이 그렇다고 일러주고 있어. 내가 자네에게 그걸 증명해줄 필요도 없지. 정의가 두려운 나머지 정의를 부정하게 만드는 것은 인간의 간악함밖에 없네. 하느님의 감정이 자네 마음속에 있고, 하느님께서 창조하신 것들이 자네 눈앞에 있네. 그런데 자네는 그분께서 아무런 보답도 없이 비르지니를 그냥 내버려두시리라고 생각하는 겐가? 아무렴 그토록 고귀한 영혼에, 자네도 거룩한 예술임을 느꼈을 정도로 그토록 아름다운 형상을 입혀두셨던 힘과 동일한 힘이, 그녀를 파도에서 구출해낼 수 없었을 것이라고 생각하는 겐가? 자네가 알지 못하는 법칙으로 인간에게 현재의 행복을 마련해주신 분께서, 역시 자네가 모르는 법칙으로 비르지니에게 또 다른 행복을 준비해두시지는 못하리라고? 우리가 무(無)에 있을 때, 설령 생각할 수 있는 능력이 있었다 하더라도, 우리 존재에 대한 관념을 스스로 형성할 수 있었을까? 하물며 우리가 이렇듯 어둡고 덧없는 존재 안에 있는 지금, 죽음을 통해 그 존재로부터 빠져나올 수밖에 없는 우리가 그 죽음 너머에 있는 것이 무엇인지 예견할 수나 있을까? 하느님께서도 인간처럼, 당신의 지성과 당신의 선량함을 펼칠 무대로 활용하기 위해, 작은 지구라는 우리의 땅이 필요하실까? 그렇다면 그저 인간의 생명을 죽음의 터전이 아닌 다른 곳에서 퍼뜨리셨을 수도 있지 않을까? 바닷속에는 우리와 관련된 생명체로 가득하지 아니한 물은 단 한 방울도 없는데, 우리 머리 위를 떠도는 수많은 별들 중 우리를 위한 것은 하나도 존재하지 않을 거다? 뭐라고! 엄밀히 말해 우리가 있는 곳에만 지고의 지성과 신의 선량함이 있을 리는 없다네. 그렇다고 광휘로이 빛나는 저 무수히 많은 천체와, 그 천체를 둘러싸고 있는 저 광대무변한 빛의 들판에, 폭풍우가 오고 밤이 와도 결코 그 빛을 가리지 못하는 저곳에, 그저 허무의 공간과 영원한 무(無)밖에 없으리라는 것인가? 만약 우리가, 우리 스스로는 우리에게 아무것도 주지 못했던 우리가, 우리에게 모든 것을 내려주셨던 전능에 감히 한계를 부여한다면, 우리가 지금 하느님의 영토가 끝나는 지점에, 삶이 죽음과 싸우고, 순수가 폭정과 싸우는 그 경계에 와 있다고 여길 수 있을 것인가?

어딘가 틀림없이 덕성이 보상받는 곳이 있게 마련이네. 비르지니는 지금 행복하다는 말일세. 아아! 그녀가 천사들의 거주지로부터 자네에게 소식을 전할 수만 있다면, 그녀는 작별 인사를 하던 때처럼 자네에게 이렇게 말할 걸세. 아아, 폴, 인생은 하나의 시련에 불과한 거야. 나는 자연과, 사랑과, 덕성의 법칙에 충실했음이 밝혀졌어. 나는 친척의 뜻에 따르기 위해 바다를 건넜고, 서약을 지키기 위해 부를 포기했어. 수치를 당하느니 차라리 목숨을 버리는 편이 더 낫다고 생각했어. 하늘에서는 내 생애가 부족함 없이 아주 충만하다고 인정해 주었어. 나는 가난과, 중상모략과, 폭풍우로부터, 타인이 고통을 겪는 광경으로부터 영원히 벗어났어. 사람들을 두렵게 하는 어떤 악도 이젠 더 이상 내게 미치지 못해. 그런데도 오빠는 나를 불쌍하게 여기고 있어! 나는 빛의 입자처럼 순수하고 영원히 변치 않아. 그런데 오빠는 나를 이생의 밤으로 다시 부르고 있어! 아아, 폴! 아아, 나의 사랑! 행복했던 지난날을 기억해봐, 아침부터 천국에서 내려주는 기쁨을 맛보고, 저 바위산 꼭대기의 태양과 함께 눈을 뜨고, 그 햇살을 담뿍 안고 우리의 숲을 온통 누비던 나날들을. 우리는 이유를 알 수 없는 황홀을 느꼈어. 우리의 순진무구한 소망 안에서, 우리는 모든 것을 다 보는 시각이 되어 여명이 퍼뜨리는 풍부한 색

깔을 만끽할 수 있길, 모든 것을 다 맡는 후각이 되어 우리 식물들의 향기를 맡을 수 있길, 모든 것을 다 듣는 청각이 되어 우리 새들의 연주회를 들을 수 있길, 모든 것을 다 느끼는 마음이 되어 이러한 은총에 감사할 수 있길 바랐지. 이제 지상의 모든 좋은 것이 흘러나오는 아름다움의 원천에서, 내 영혼은 그전까지 미약한 감각기관을 통해서만 느낄 수 있던 것을 직접 보고, 맛보고, 듣고, 만지곤 해. 아아! 내가 영생을 누리며 살아갈 영원의 동쪽에 있는 이 해안을 어떤 언어로 묘사할 수 있을까? 불행한 존재를 위로하시기 위해 무한한 권능과 천상의 선의가 창조할 수 있었던 모든 것을, 똑같은 천복을 누리는 무수히 많은 존재의 우정이 공통된 열광 속에 화합을 이룰 수 있는 모든 것을, 우리는 순수하게 느끼고 있어. 그러니 오빠에게 주어진 시련을 견디도록 해. 결코 끝나지 않을 사랑으로, 결코 그 불길이 사그라들 수 없을 연(緣)으로, 오빠의 비르지니가 누릴 행복을 더 크게 만들어주는 거야. 여기 오면 내가 오빠의 회한을 달래줄게. 여기 오면 내가 오빠너의 눈물을 닦아줄게. 내 사랑! 어린 내 남편! 무한을 향해 영혼을 드높여, 순간의 아픔일랑 이겨내주길."

나는 나 스스로의 감정에 못 이겨 그만 연설에 종지부를 찍었다네. 폴은 그 나름대로 나를 뚫어져라 쳐다보더니, 이렇게 소리쳤어.

"그녀는 이제 없어요! 그녀는 이제 없다고요!"

그 고통스러운 말을 한 뒤에는 긴 시간 기절해 있었지. 그러다 정신을 차리고는 말했네.

"죽음은 좋은 것이라니까, 또 비르지니도 행복하다니까, 저도 죽어서 비르지니와 함께할래요."

이렇게 위로가 되길 바랐던 나의 의도는 그의 절망을 살찌우는 데 쓰일 뿐이었네. 나는 헤엄쳐 나오려는 의지도 없이 강 한가운데 깊은 곳으로 기어들어 가는 친구를 구하려는 사람 같았어. 고통은 그를 물속으로 가라앉혔네. 이 얼마나 비통한 일인가! 초년의 불행이란 인생살이로 들어가도록 준비시켜주는 것일진대, 폴은 그걸 느껴보지도 못했으니 말이야.

나는 폴을 그가 살던 곳으로 데려갔네. 집에서는 폴의 어머니와 라 투르 부인이 여전히 계속해서 깊어만 가는 무기력한 상태에 빠져 있는 것이 눈에 들어왔지. 마르그리트도 본 중 가장 상심이 컸어. 사소한 고통은 가볍게 넘기고 마는 쾌활한 성격의 사람들이 커다란 슬픔에는 잘 버텨내지 못하는 법이야.

그녀가 내게 말했네.

"오, 우리 착한 아저씨! 제가 지난밤에 하얀 옷을 입고 나지막한 숲 한가운데도 있다가 그윽한 정취를 풍기는 뜰 한가운데도 있다가 하던 비르지니를 본 것 같았어요. 비르지니가 나한테 이런 말을 했어요. 저는 사람들이 부러워할 만한 행복을 누리고 있답니다. 그런 다음, 웃는 표정으로 폴에게 다가가, 그를 데리고 같이 가버렸어요. 내가 애써 아들을 붙잡으려고 했더니 나도 이 세상을 떠나고 있다는 느낌이 들었고, 이루 말로 표현할 수 없이 좋은 기분을 만끽하며 아들 뒤를 따라가고 있다고 느꼈답니다. 그런데 그때 제 친구에게 작별 인사를 하고 싶었어요. 그러자 바로 그녀가 마리와 도맹그를 데리고 우리를 따라오는 것이 보였죠. 그런데 제가 그보다 더 이상하다고 생각하는 건, 라 투르 부인이 같은 날 밤 똑같은 상황이 벌어지는 꿈을 꿨다는 거예요."

나는 그녀에게 대답했네.

"친구여, 나는 이 세상에 신의 허락 없이는 어떤 일도 일어나지 않는다고 믿습니다. 꿈은 이따금 진실을 알려주기도 하죠."

라 투르 부인은 같은 날 밤 그녀가 꿨다는 무척 비슷한 꿈에 대한 이야기를 내게 들려주었다네. 이 두 부인에게서 미신적인 성향이 크게 눈에 띈 적은 없었네. 그래서 나는 두 사람의 꿈이 일치한다는 사실에 놀랐고, 속으로는 그 일이 실현되리라는 것을 의심치 않았어. 그런 견해는, 그러니까 때로 잠들어 있는 동안 진실이 우리에게 나타나기도 한다는 생각은 지구상의 모든 사람들에게 널리 퍼져 있기도 하니까. 고대의 가장 위대한 사람들도 그런 견해를 믿었지, 그중에서도 특히 알렉산더 대왕, 카이사르, 스키피오 가문 사람들, 두 명의 카토, 브루투스까지도 그랬는데, 그들이라고 나약한 정신을 가진 이들은 아니었네. 구약성서와 신약성서는 우리에게 꿈이 실현된 사례를 꽤 많이 제공해주지. 나도 나 나름으로, 이 점에 있어서만큼은 내가 직접 경험한 것으로도 충분하다고 보는데, 나는 꿈이 우리에게 관심을 두고 있는 어떤 지성의 존재가 우리에게 건네는 경고라는 것을 수차례 경험해봤다네. 만약 인간 이성의 깨달음을 능가하는 사물의 이치를 가지고 싸우거나 옹호하고 싶다면, 그것은 불가능한 것일세. 그렇지만 인간의 이성이 단지 신의 이성을 본뜬 상(像)에 불과하다면, 무릇 인간은 비밀스럽게 감춰진 수단으로 자신의 의도를 세상 끝까지 보낼 수 있는 충분한 능력을 가지고 있는데, 우주를 지배하는 지성의 존재가 같은 목적을 위해 그와 비슷한 수단을 사용해서 안 될 이유가 어디 있겠나? 한 친구가 편지로 자기 친구를 위로하는데, 그 편지는 여러 왕국을 가로질러, 여러 나라의 증오와 반감 사이를 떠돌다가, 오로지 한 사람에게만 와서 기쁨과 희망을 가져다준다네. 그렇다면 어째서 순결을 지키는 지고의 존재께서는, 어떤 은밀한 경로를 통해, 오로지 그분에게만 자신의 믿음을 바친 한 선량한 영혼을 구원하러 오실 수 없는 것일까? 내적 작용을 통해 당신의 모든 피조물 안에서 쉼 없이 활동하시는 그분께서, 당신의 의지를 실현하시기 위해 어떤 외적 징표를 사용할 필요가 있을까?

왜 꿈을 의심하는가? 삶은, 숱하디숱한 덧없고 허무한 기도(企圖)로 가득 찬 삶은, 한낱 꿈과는 다른 무엇인가?

어쨌든, 내 가여운 친구들의 꿈은 곧 실현되었다네. 폴은 사랑하던 비르지니의 이름을 줄기차게 부르다가 그녀가 죽고 두 달 뒤에 죽었지. 마르그리트는 아들이 죽고 나서 일주일 뒤에, 덕성을 갖춘 자에게만 주어지는 기쁨을 느끼며 자신의 임종이 다가오는 것을 보았네. 그녀는 라 투르 부인에게 세상 다시없을 다정한 작별을 고하며, "영원히 끝나지 않을 따스한 재회를 고대하며"라는 말과 함께, "죽음은 가장 큰 복입니다. 그러니 죽음을 바라는 것이 당연하지요. 삶이 하나의 형벌이라면, 응당 그 끝을 염원해야 하는 것이요, 삶이 하나의 시련이라면, 짧게 끝나길 바라야 하는 것입니다"라는 말을 덧붙였지.

총독부가 나서서 도맹그와 마리의 생활을 보살펴주었지만, 더 이상 누굴 섬길 처지가 아니었으니만큼, 그 둘도 주인보다 더 오래 살지는 못했네. 불쌍한 피델 역시 자기 주인과 거의 비슷한 시기에 몸이 쇠약해지더니 숨을 거두고 말았어.

라 투르 부인은 내가 우리 집으로 데려왔는데, 그녀는 믿기 어려울 정도로 굳센 영혼의 힘으로, 그토록 심대한 상실 가운데서도 스스로를 지탱하고 있었네. 부인은 마지막 순간까지도, 마치 그녀가 감내해야 할 것은 폴과 마르그리트의 불행밖에 없다는 듯이 그 둘을 위로해주었어. 더는 그들을 보지 못하자, 부인은 마치 인근에 사는 가장 소중한 친구들인 양 매일매일 내게 그들에 대해 말했지. 그렇지만 부인도 그들보다 겨우 한 달 정도 더 살았을 뿐이네. 이모님에 관해서도, 그분의 악행을 비난하기는커녕, 하느님께 그런 악행을 저지른 자기 이모님을 용서해달라고 빌어주었고, 그 지독한 정신착란도 진정시켜달라고 기도했지. 우리가 알기로는 그처럼 비인간적으로 비르지니를 되돌려 보내자마자 바로 착란에 시달렸다고 하더군.

그 몹쓸 친척도, 자기가 저지른 악독한 짓을 향한 응징에서 멀리 달아나지는 못했네. 여러 척의 배가 연달아 내항하면서, 나는 그녀가 우울증에 사로잡혀 정신이 나갔고, 그것 때문에 사나 죽으나 매한가지로 고역이 되어버렸다는 소식을 들었네. 때로 그 이모님은 귀여운 종손녀가 요절한 것도, 그 뒤를 따라 어미가 숨을 거둔 것도 다 자기 탓이라며 스스로를 책망했다네. 또 때로는, 본인 말에 따르면, 천한 기질로 집안의 명예를 더럽혔던 두 불길한 여자를 자신으로부터 밀쳐낸 것에 대해 스스로를 칭찬하기도 했어. 이따금 파리를 가득 메운 빈민들의 엄청난 머릿수를 보고 부아가 치밀어 올라 "도대체 왜 이 게으른 물건들을 식민지로 내보내 죽게 내버려두지 않는 거지?"라며 고함을 지르고는 덧붙이길, 모든 민족이 채택한 인간성이니, 덕성이니, 종교니 하는 사상들은 그 민족의 왕들이 정책적으로 발명한 것에 불과하다고도 했네.

또 그러다 갑자기 반대편 극단으로 치달으면서, 미신적인 공포에 빠져들더니, 결국 죽음에 대한 두려움에 휩싸이곤 했지. 그 이모님은 자기를 지도해주던 유복한 수도승들에게 달려가 많은 헌금을 바치면서, 재산을 바칠 테니 부디 신의 노기를 가라앉혀달라고 애원했네. 불쌍한 사람들에게는 줄 생각도 없던 재산이 마치 인류의 아버지께는 즐거움을 드릴 수 있다는 듯이 말이야! 더러 그녀의 망상은 불타는 시골 밭이나 화염에 휩싸인 산을 보여주었는데, 거기서도 흉측한 몰골의 유령들이 자기 이름을 고래고래 외치며 배회했다지. 그녀는 담당 고해신부의 발밑에 몸을 던지고, 자기에게 떨어질 고문과 징벌을 그려보았네. 하늘은, 정의로운 하늘은 잔악한 영혼으로 하여금 무시무시한 신의 의무를 내리시기 때문이지.

그렇게 해서 그 이모님은 한 번은 신의 존재를 부정했다가, 또 한 번은 미신에 빠졌다가 하더니, 죽음에나 삶에나 똑같이 염오를 느끼면서 몇 년을 보냈네. 하지만 그토록 저열한 존재의 마지막을 파멸로 이끈 것은 그녀가 자연에서 비롯한 감정을 버리게 만들었던 바로 그 사안이었어. 그 이모님은 자기가 죽은 뒤에 자기가 싫어하는 친척들에게 재산이 넘어갈 것을 알고 시름에 잠겼어. 그래서 가장 가치 있는 것들은 따로 양도하려고 했지. 하지만 그 친척들은 그녀가 정신착란으로 인해 자주 발작 증세를 보이곤 한다는 점을 이용해서 광인 취급을 받고 감금되게 만들더니, 재산을 관리하는 권리도 넘기게 만들었지. 이렇게 해서 그 여자의 부라는 것은 몰락으로 끝이 났네. 부는 그 부를 소유했던 자의 마음을 무디게 만들었던 것처럼, 부를 원했던 사람들의 마음도 똑같이 변질시켰던 게야. 그래서 결국 그녀는 죽었으나, 설상가상으로 사리 판단을 할 만큼은 정신이 있었기에, 자기가 한평생 그 의견을 믿고 따랐던 사람들한테 그대로 재산을 다 빼앗기고 멸시까지 당했다는 것을 알아버렸다네.

비르지니가 묻힌 곳 바로 옆, 같은 갈대밭 아래, 그녀의 연인 폴이 묻혔고, 두 사람을 둘러싸고 다정했던 두 어머니와 충직했던 하인들이 묻혔네. 이들의 겸허한 무덤 위로 사람들은 대리석 하나 세우지 않았고, 그들의 덕을 기리는 글귀 하나 새겨두지 않았지. 그러나 그들에 대한 기억은, 그들에게 은혜를 입었던 사람들의 마음속에 지워지지 않고 남아 있어. 그들의 혼백은 살아 있는 동안에도 멀리했던 화려함일랑 필요로 하지 않네. 다만 그들이 여전히 지상에서 일어나는 일에 관심을 둔다면, 분명 그들은 덕성이 부지런히 살아가는 초가지붕 아래를 서성이며, 제 운명이 성에 차지 않는 가난을 위로하고, 젊은 연인들에게 꺼지지 않는 불꽃과, 자연이 주는 것들에 대한 애정과, 일에 대한 사랑과, 부에 대한 두려움을 길러주고자 할 걸세.

왕들의 영광을 기리고자 세워진 기념비에도 침묵을 지키던 민중의 목소리는, 비르지니의 죽음은 영원히 기리고자 섬 도처에 여러 가지 이름을 지어주었네. 호박 섬 근처로 보이는, 암초 한복판에 있는 해협은 '생제랑호의 여울'이라 불렸는데, 유럽에서 비르지니를 데려오다가 좌초한 배의 이름에서 따온 것일세. 여기서 자네와 3리외 정도 떨어진 곳으로 보이는 저 길쭉한 곶의 끄트머리는 바다에서 들이치는 파도로 반쯤 덮여 있는데, 거기가 생제랑호가 태풍이 들이닥치기 전날 항구로 들어오려고 우회하려다 결국 넘지 못했던 곳으로, '불행의 곶'이라 불린다네. 그리고 이 계곡의 끝자락, 여기 우리 앞에 보이는 '무덤 만'은 비르지니가 모래 속에 묻혀 발견되었던 곳인데, 그 모습은 마치 바다가 그녀의 시신을 가족에게 돌려주고자 했다는 듯싶기도, 또 그녀가 자신의 순결로 영광스레 드높인 바로 이 바닷가를 무덤 삼아 그 정절을 기리는 장례를 치러주고자 했다는 듯싶기도 했어. 지극히 다정한 사랑으로 연을 맺은 청춘이여! 가련한 어머니들이여! 소중한 가족이여! 자네들에게 그늘이 되어주던 이 숲과, 자네들을 위해 흐르던 이 샘물과, 자네들이 다 같이 쉬어 가던 이 언덕은 아직도 자네들의 죽음을 슬퍼한다네. 자네들 이후로는 누구 하나 이 황량한 땅을 일구고, 이 비루한 오두막을 일으켜 세울 엄두조차 내지 못했어. 자네들의 염소는 야생으로 돌아갔고, 과수원은 망가졌네. 새들은 달아나, 이제 이 암벽 분지 위로는 높이 원을 그리며 날아다니는 새매의 울음소리밖에 들리지 않는다네. 나는, 더는 자네들을 볼 수 없는 나는, 그 뒤로 친구 없는 친구나 마찬가지요, 자식 잃은 아버지나 마찬가지니, 나 혼자 남아 세상을 떠도는 나그네 신세가 되어버린 게야.

이런 말을 하면서 그 착한 노인은 눈물을 쏟으며 떠나갔고, 이 기구한 이야기를 듣는 동안 나 역시 몇 번이고 눈물을 흘렸었다.

해설

순결한 사랑의 봉인

1788년, 베르나르댕 드 생피에르는 그의 《자연연구》 제4권에 '일종의 목가'라는 수식과 함께 짧은 소설 한 편을 추가한다. 오늘날의 독자들에게는 투박하고 감상적인 필치와 순결에 대한 예찬 등으로 말미암아 다소 고풍스럽게 보일지도 모르는 이 이야기는, 프랑스에서 당시 출간되자마자 엄청난 반향과 함께 독자 대중을 사로잡았고, 이듬해 단독으로 재출간될 정도로 큰 성공을 거두었다. 이러한 성공은 다음 세기로 이어져, 삽화를 곁들인 호화 장정판뿐 아니라 판화, 접시, 자수 등 소설 속 장면을 모티프로 한 각종 상품의 제작으로 이어졌고, 이내 《폴과 비르지니》는 일종의 문화적 아이콘이 되었다. 작품은 희곡, 발레, 오페라 등으로 각색되면서 더 많은 대중과 만났으며, 샤토브리앙에서부터 발자크, 플로베르에 이르기까지, 작품에 애정을 아끼지 않았던 여러 작가들에 의해 낭만주의의 발전에 중요한 밑거름이 되어준 선구적 텍스트로 더욱 널리 이름을 알렸다. 우여곡절이랄 것도, 복잡다단한 사건이랄 것도 없는 두 어린 연인의 비극적인 사랑 이야기가 이토록 오랜 인기를 누리게 된 이유는 무엇보다도 언젠가 우리가 꿈꾸었던 순결한 사랑이 생경한 이국정취 속에서 펼쳐지는 자연을 만나 깊은 울림을 일으키기 때문일 것이다. 그렇게 폴과 비르지니는 청춘의 순수함과 완벽한 사랑의 상징이 되었고, 바나나나무 그늘 아래에서의 행복이 태풍과 함께 산산조각 날 때마다 모든 세대의 심금을 울려왔다. 이 감미롭고도 서글픈 꿈은 머나먼 열대의 잃어버린 낙원과 함께 우리에게 어떤 천진한 기억처럼 남아, 언제까지고 끝없는 매혹이 되어줄 것이다.

이 매혹의 시작에는 생피에르 자신이 1768년부터 1770년까지, 실제 약 3년간 프랑스 섬(현재의 모리셔스)에 머물며 몸소 관찰했던 자연과 그 생생한 기록이 있다. 그만큼 《폴과 비르지니》는 현실에 바탕한, 그러나 당시 유럽 사람들에게는 아직 미지의 세계였던 열대 섬의 정경을 자세히 그려 보인다. 두 가족이 살아가던 분지에서 폴이 가꾸던 정원으로, 비르지니가 멱을 감던 쉼터로, 다시 노인의 집 앞에 펼쳐지는 녹음으로, 소설은 섬 곳곳을 누비며 사건 사이사이로 야생의 풍요와 열대의 화려한 색채를 감각하게 한다. 아가티스, 포인시아나, 타타마카, 캐비지야자 등 낯선 땅의 식물 이름을 읊고, 형형색색의 바닷새들을 큰 설명도 없이 나열하는 노인의 목소리는 어떤 기원에 대한 막연한 환상과, 생소하지만 흥미로운 공상을 불러일으키고, 그렇게 미사여구보다는 수수하고 솔직한 어조로 인상을 전하는 노인의 입담 속에서 하나의 감동적인 자연이 우리 안에 쌓여간다. 그것은, 우리로부터 아득히 멀리 있지만, 신의 섭리와 함께 살아 숨 쉬는 자연, 풍성한 먹거리를 베풀어주고 우리의 아픔을 보듬어주는, 아직 그 관대한 품을 잃지 않은 자연이다.

그러나 《폴과 비르지니》의 자연이 이렇듯 늘 풍요와 진기함으로 가득하기만 한 것은 아니다. 유럽에서 거부당한 두 여인을 받아들이고, 두 아이의 성장과 교육을 도맡았던, 자애로운 보호자로서의 자연은 돌연 그 얼굴을 바꾸고 죽음의 편에 선다. 갑작스레 찾아든 열대의 불볕더위는 지상의 모든 수분을 말려버리고, 뒤이은 폭풍우는 폴의 정원과 비르지니의 쉼터를 황폐화시킨다. 생제랑호를 난파시킨 태풍은 비르지니의 목숨을 앗아 가고, 결국 두 가족공동체를 파멸로 이끈다. 이러한 자연의 무자비함은 폴과 비르지니가 어른들의 사회적 통념과 도덕적 죄책감의 희생양이라는 점에서 더욱 비극적으로 그려진다. 자연의 가르침에 따라 선량하고 아름답게, 친남매처럼 자라던 두 아이는 사춘기에 이르면서 우애로서의 감정이 점차 사랑의 감정으로 변하는 것을 느끼지만, 그런 변화가 낯설고 두려웠던 나머지 쉽게 받아들이지 못하고 고통스레 방황한다. 이 억눌린 정염의 충동은 파괴적인 자연과 기이하게 공명하는데, 그 밑바탕에는 사춘기 소년 소녀의 격정과 고통뿐 아니라, 라 투르 부인이 끝내 떨쳐내지 못한 유럽 사회의 편견, 궁핍에 대한 걱정, 그리고 본능의 무절제함에 자신을 내맡겼다는 자책이 있다. 그럼에도 불구하고 두 아이는 사랑의 증표를 주고받으며 마음을 다지지만, 염려와, 염려를 가장한 야심에 사로잡힌 어른들의 논리에 결국 그 마음은 희생되고 만다. 이 희생에 외해에서 밀려드는 자연의 파괴적인 힘이 다시 한번 공명한다. 우리식으로 말하면 그야말로 속절없는 자연이다. 그래서 생피에르가 그리는 자연은 눈부시게 풍요로운 만큼, 잔인하고 가혹하다.

사실 이러한 자연의 두 얼굴은 "전원생활의 행복과 뱃사람들의 불행"을 대조적으로 바라보는 비르지니를 통해 예고되는 것이기도 하다. 비르지니에게 바다는, 자연이 인간의 몫으로 내어준 영역을 떠나 탐욕으로 자신의 불행을 자초하는 사람들이 오가는, 일종의 두려운 바깥이다. 반면 두 아이가 나고 자란 분지는 바위산으로 둘러싸인 닫힌 세계이자 자족적인 경제 공동체, 자연의 아름다운 조화와 가정의 행복을 간직한 일종의 은신처다. 이곳에서 유럽 문명의 병폐로부터 벗어나, 자연과 융합하며 순수한 본성 그대로 살아가던 폴과 비르지니에게는 돈벌이나 유산상속을 구실 삼아 바깥으로 여행을 떠날 필요도, 행복을 버릴 이유도 없는 것이다. 18세기의 많은 작가들과 마찬가지로 유토피아에 대한 동경을 늘 품고 있었던 생피에르는 이렇듯 《폴과 비르지니》를 통해 온갖 사회악이 추방되고, 인간 본성에 부합하며, 모두가 행복하고 윤택한 집단생활의 가능성을 나름의 방식으로 구체화한다고 할 수 있다. 그러나 그는 종래의 사변적인 모델을 되풀이하기보다는, 현실의 섬 안에 작은 낙원과도 같은 또 다른 섬을 상상해냄으로써 자신의 오랜 동경이 들어설 자리를 찾아낸다. 경작을 필요로 하는 땅, 주인이든 노예든 모든 사람에게 차별 없이 부여되는 노동, 노동이 결실을 맺는 공간, 자물쇠 없는 동일한 집들, 신분 차이를 드러내지 않는 소박한 옷, 풍부하고 건강한 먹거리, 공동체 모두가 함께하는 아이들의 양육과 교육, 외국의 문물 없이도 자급자족이 가능한 농장과 검소한 생활에 이르기까지, 그가 그리는 유토피아는 인간 본성이 삭제된 비현실적인 공간에 있다기보다, 가족 미시사회의 모델을 통해 작고 근면한 생활에서 충족감을 찾을 수 있는, 보다 겸손한 이상에 있다. 물론 이 이상에는 자연으로, 인간 본연의 모습으로 돌아가자는 루소식 자연주의가 있다. 우리 인간은 최초에 태어났을 때 순결한 상태였는데 문명에 의해 본성을 잃어버리고 타락하게 됐으니, 이를 회복하자는 식의 본연주의적 사고방식이 짙게 깔려 있는 것이다. 그런데 생피에르는 이 이상적 공동체의 행복한 결말보다는 차라리 그 허망한 실패에 본인의 이름을 써넣음으로써, 자연과 덕성으로부터 우리를 멀어지게 하는 사회에 강력한 비판을 가한다. 애초에 유토피아와는 달리 분지의 작은 공동체는 지리적 위치를 가지고 현실에 속하기에, 외부 세계로부터 완전히 차단되지도, 따라서 완전히 보호받지도 못한다. 노예, 총독, 신부, 상인 등 많은 사람들이 두 가족의 공간을 파고들어 사회적 요구와 문명의 가치를 되새기게 하고, 이런 외부로부터의 침입으로 말미암아 두 가족의 행복은 나약하게 무너질 조짐을 보인다. 하지만 이 공동체가 스스로 존립하지 못하는 이유는 이미 그 내부에 있다. 사실 '작은 낙원'을 내세우는 대부분의 서사는 도달할 수 없는 행복한 사회와 현실의 사회악으로 말미암은 불행 사이의 대립을 가시화한다는 측면에서 그 의미를 갖는다. 애초 토머스 모어 이래 유토피아에 대한 묘사는 사회악의 원인에 대한 분석을 바탕으로 하기 때문이다. 따라서 자연과 덕성에 따라 살아가는 분지의 작은 사회도 이른바 유럽의 잔인한 편견과 반대되는 관점에서 그 의미를 찾지만, 이 유럽, 다시 말해 유럽 사회의 악에 희생된 인물인 두 어머니가 이 작은 낙원의 토대이자 동시에 파멸의 원인이 된다는 점에서 애초 이 낙원의 운명은 스스로의 실패를 예고하고 있는 셈이다. 그리고 이 실패의 계기는 다시 자연에서 비롯한다. 자연의 풍요는 곧 생명의 힘이고, 그 힘은 영원히 정적인 것이 아니기에, 자연이 말을 걸어오기 시작하면 두 아이는 언제까지고 아이로 남아 있을 수 없다. 사춘기의 육체적, 정신적 성장은 친남매처럼 자라온 아이들의 관계에 변화를 요구하는 것이다. 이러한 자연스러운 성숙의 과정에서 라 투르 부인은 자연의 말을 듣기를 꺼리고, 비르지니의 사랑을 도덕적 금기로 해석하며, 딸의 미래에 대한 염려로 인해 결국 공동체에 의구심을 품고 분지 바깥으로 도움을 요청한다. 이 요청의 결과 유럽의 사회악은 돈, 정치권력, 종교라는 축으로 각기 이모, 총독, 신부를 내세워 이 작은 낙원의 존립을 불가능하게 한다.

이 작은 낙원의 종말은 우리를 소설의 시작점으로 되돌린다. 사실 폴과 비르지니의 기구한 사연은 두 가족공동체가 폐허로 돌아간 후, 한 목격자의 기억으로만 남아 이야기되고, 그렇게 자연과 덕성에 따라 살기 위해 타락한 세상에서 물러난 이들의 작은 공동체는, 그들이 받아 마땅한 지상의 행복에 대한 본보기였지만 결론적으로는 폐허, 즉 현재는 존재하지 않으나 과거 어느 시점에, 말하자면 어느 황금시대에 존재했을 어딘가로 그려진다. 그래서 작품은 전반적으로 진정한 행복은 다른 곳에 있다는, 아마도 이 세계에는 더는 없을 것이라는 다소 우울한 관조를 담고 있다. 다만 두 세계의 경계에서 폐허가 자아내는 이러한 거리감은 죽음에 이르기까지 지켜낸 순결한 사랑의 원리를 한층 더 숭고하게 기억하도록 해준다는 점에서 일종의 미학적 거리감에 해당하며, 특히 비르지니의 죽음 이후 황폐해진 가족을 바라보며 그 죽음을 해석하는 노인의 시선에서도 이 거리감은 특별한 역할을 한다.

태풍이 야기한 비르지니의 참담한 죽음에, 사람들은 섭리가 과연 존재하는지, “너무나 그악하고 그저 부당하기만 한 악”이 있는 것은 아닌지 의심한다. 라 투르 부인이 비르지니를 유럽으로 보내고, 비르지니가 에덴을 떠난 것을 죄라고 할 수 있을까? 생제랑호가 난파당했을 당시, 마지막으로 남은 선원은 비르지니가 익사하는 것을 막기 위해 옷을 벗길 재촉하지만, 비르지니는 끝내 옷 벗기를 거부하고 차라리 죽음을 선택한다. 비르지니의 이 선택을 어떻게 설명할 수 있을까? 물론 덕성스레 살아가는 사람들도 다른 사람들처럼 세상의 격변을 겪을 수 있고, 때로는 악한 이들의 음모와 핍박의 희생자가 될 수도 있다. 다만 생피에르는 이렇듯 덕성으로 가득한 죄 없는 자들의 죽음을 무대에 올려놓음으로써, 자연과 덕성에 따른 삶이, 행복의 유일한 가능성이 시련에 처할 때조차 이를 보상해주고 정당화해주는 천상의 행복의 조건을 보여주어, 그런 부당함에 답해야 할 필요가 있다고 생각한다. 따라서 비르지니의 죽음이라는 비극은, 엄밀히 말해 이승과 저승 사이의 통로 역할을 하고, 이를 해석하는 노인의 장광설은 일종의 도덕적 위안으로 결말을 숭고하게 감싼다.

사랑은 죽음 안에 좌초하지만, 그곳에 가장 솔직한 감정을 맡길 수 있으며, 철학과 신비주의의 끄트머리에서도 오로지 허구만이 허용할 수 있는, 빛의 입자처럼 순수한 영혼이 영생을 누리는 사후의 삶과 서로 사랑하는 이들이 지복을 누리는 궁극적인 결합에 다다른다. 사회가 강요하는 희생으로 무참히 스러져가는 삶을 피할 수 없어 다만 죽음 안에서 구원받는 연인, 살아서와 마찬가지로 죽어서도 늘 함께일 소년 소녀의 사랑은 우리에게 깊은 감동을 선사한다. 생피에르가 비르지니로 하여금 살기를 거부하고 죽음을 택하게 한 것은 이러한 사랑의 순결함을 봉인할 수 있는, 그럼으로써 만물에 깃든 섭리의 조화로운 손길을 논증할 수 있는 유일한 가능성이었을지도 모른다. 이 가능성 안에서 폴과 비르지니의 고결함, 두 연인이 지켜낸 사랑의 순결함, 섭리가 이 지상에 구현해야 할 정의, 그리고 덕성이 마땅히 받아야 할 행복이 만난다. 우리가 낭만이라 부르는 거대 서사 역시 이 만남으로부터 시작할 것이다.

김현준

휴머니스트 세계문학 009

폴과 비르지니

1판 1쇄 발행일 2022년 6월 20일

지은이 베르나르댕 드 생피에르
옮긴이 김현준

발행인 김학원
발행처 (주)휴머니스트출판그룹
출판등록 제313-2007-000007호(2007년 1월 5일)
주소 (03991) 서울시 마포구 동교로23길 76(연남동)
전화 02-335-4422 팩스 02-334-3427
저자·독자 서비스 humanist@humanistbooks.com
홈페이지 www.humanistbooks.com
유튜브 youtube.com/user/humanistma 포스트 post.naver.com/hmcv
페이스북 facebook.com/hmcv2001 인스타그램 @boooook.h

편집주간 황서현 편집 이성근 이은서 김선경 디자인 김태형
조판 이희수com. 용지 화인페이퍼 인쇄 청아디앤피 제본 민성사

ISBN 979-11-6080-416-4 04860
979-11-6080-785-1 (세트)